陈锦丞
Chen Jincheng

陈锦丞，1996 年生，临安人。中国作家协会会员，中国散文学会会员。出版文集《我和李乐豆的朋友们》。有作品发表于《青年文学》《雨花》《延河》等文学杂志，2018 年，长篇小说《好像立夏》发表于《中国作家》杂志。

庙会散场后，我们去游泳

陈锦丞
Chen Jincheng
著

黄河出版传媒集团
阳光出版社

图书在版编目（CIP）数据

庙会散场后，我们去游泳 / 陈锦丞著. —— 银川：
阳光出版社，2021.8
（我们的时代 / 唐晴，谢瑞主编）
ISBN 978-7-5525-6068-8

Ⅰ. ①庙… Ⅱ. ①陈… Ⅲ. ①散文集－中国－当代
Ⅳ. ①I267

中国版本图书馆CIP数据核字(2021)第173971号

我们的时代 庙会散场后，我们去游泳

陈锦丞 著

责任编辑 杨 皎 李媛媛
封面设计 赵 倩
责任印制 岳建宁

黄河出版传媒集团
阳光出版社 出版发行

出 版 人 薛文斌
地 址 宁夏银川市北京东路139号出版大厦（750001）
网 址 http://www.ygchbs.com
网上书店 http://shop129132959.taobao.com
电子信箱 yangguangchubanshe@163.com
邮购电话 0951-5014139
经 销 全国新华书店
印刷装订 山东新华印务有限公司
印刷委托书号 （宁）0021769

开 本 880 mm×1230 mm 1/32
印 张 8.75
字 数 170千字
版 次 2021年8月第1版
印 次 2021年10月第1次印刷
书 号 ISBN 978-7-5525-6068-8
定 价 48.00元

目 录

庙会散场后，我们去游泳

我如何为自己回忆细琐往事

·庙会散场后，我们去游泳·

公文包、报纸和糖

我小时候喜欢翻父亲的公文包。

父亲的黑色公文包是人造革的，狭长而扁，他时常挟在胳肢窝底下走来走去。里头装着的是一些油印的公文材料，还有一个装着卡片和几张钞票的真皮钱包。我曾把这些花花绿绿的卡片从钱包里抽出来，当作飞镖暗器扔得老远——嗖一下，就越过了院墙。或者是跑到小河边，用这些卡片打水漂。后来挨了一顿揍，才知道那是取钱用的银行卡和信用卡。

父亲翻查着公文包，悻悻地说："唉，小把戏！还好！还好身份证找回来了。"

父亲每天梳着油光光的大背头，像模像样地把包挟在胳肢窝底下，就去忙工作了。那时，父亲刚进国际层压板公司工作，那是一家中外合资企业，便不由得意气风发，天天都要精心地用啫喱水梳一个大背头。头发叫摩丝喷过，又浓密又坚硬，根根钢丝般分明，与港台明星邵昕很相像。父亲因为高中时文科成绩不错，又爱写文章，就被派去了公司的宣传科。

国际层压板公司在县城里，父亲跟着去了县城。不能常回来。

太阳从单薄的绿色纱帘照进来，屋子里的光线照出了莹莹的绿色，风吹动纱帘的时候，绿色的光线也随之波动，像是一汪布满绿藻的池水。我独处在这样透明清爽的客厅底下，便察觉时间过得缓慢而轻盈。父亲来来去去，也像是在顷刻之间。爷爷说，搬到县城，这是在赚钞票。但什么是钞票？就为了那些红红绿绿的印刷纸？我百思不解。我曾在祭祖时从燃起的火堆里抢救出一张，献给父亲，却遭受了他的斥骂，就更想不明白了。

父亲头年在公司宣传科工作时，不受人待见。因同去的，多是大学生。父亲只有高中文凭，自然为这批高阶知识分子所轻蔑。父亲也自有他的抵抗办法，就是回来后关上房门，把公文包卸下，狠狠地骂上一句：

"这批死读书的家伙什！"

没多久，父亲接过了编辑公司报纸的工作。这是一份重要的差事。

父亲回来后关上房门，把公文包卸下，笑哈哈地说：

"这批死读书的家伙什！是时候给他们一点颜色看看。"

父亲叼着香烟，开始编排报纸。但他厌恶学习新事物，凡事皆凭着一股蛮劲去做。既不了解编排的技术，又耻于问人，只能埋头苦工。父亲找来了长尺和铅笔，在纸上作徒手规划。他在纸上六分之一处作一笔直横线，模仿着隶书体写道："国际层压板报"，右下角用小号字体写："第一期"。反复细细勾勒几次，竟也写得像是印刷出的。

他每得一些进展，便在心中念叨着那些书呆子的名字。而后便是对稿件的编排。父亲找来了废旧报纸，对照着来稿，从旧报纸上剪下一个又一个铅字，用胶水粘于纸上，以尺做标，排列成文。第一期国际层压板报的内容，就是这样一个又一个剪贴字拼凑出来的。这活脱脱是毕昇的活字印刷术。

为争这一口气，父亲就在荧黄的台灯底下剪报。残缺的旧报纸堆在脚边，围成软软的一道新城墙。

新报纸编排好了。

他抽着烟，烟雾绕悬在他的头顶。他将这张用活字印刷术方法编就的报纸久久翻覆地看，满意地说：

"该给他们一点颜色看看的。"

我爱翻看父亲的公文包，这只人造革公文包的内容物，每回都不尽相同。我就曾翻到这张报纸，那是原版剪贴报的复印版。我将报纸从文件中抽出来，对着阳光细细地看，铅字就像是一只又一只爬动的蚂蚁。我在空中挥舞这张报纸，一边胡乱而张狂地啊啊大叫。我用这张报纸叠纸飞机，再哈一口气，纸飞机就可以飞得又高又远，飞到遥远的校场，直插靶心的十环。只是这张报纸印得实在太多了，层压板厂到处送人，最后仍有富余。父亲就用绳子捆扎一沓提回来，放在家中的显眼位置，好叫我们时时看见他的功绩。隔壁邻舍王小二来串门，说：

"怎么你家有那么多这种报纸？现在街上到处都是这些报纸了。"

他就抽一沓带回去，说是这纸张硬实，好擦些什么。比如鞋、玻璃、自行车轮轴。再比如……

公文包里层层叠叠的，翻阅它们，就好似翻越和浏览一座座山峦。在那个黑洞似的公文包深处——我摸到了什么？——是两颗糖。

我掏出糖来，阳光把霓虹色的糖纸照得很闪，像是两只迪厅的舞灯。我上下左右顾视着父亲的身影，看不见，就自顾自将糖纸拆开。糖纸很容易拆，只需捏着两端，用力一拉，一颗圆不溜秋的糖就落在了我汗津津的手心里。

我一口把糖吃掉。

父亲走进来了。

父亲动了动鼻子，说："我闻到了一股水蜜桃香味。"

父亲笑起来了，说，那是婚庆的喜糖，别家有人结婚，就要派发这样的糖吃。我把糖纸展开，抚平它的皱纹，夹在我的《薛刚反唐》连环画里。

在阳光透过窗户，照出幽幽绿光的时候，父亲也许会突然回来。他需要在临安汽车西站乘坐往返的公车，车辆绕行，开到后渚村需花费一个半小时。公文包被放下后，软趴趴地缩在客厅角落，任我翻动。我从包里掏出纸巾，抖搂那些文件，最后掏出色彩各异的糖果，一颗颗排列，像是检阅我的士兵，形状巨大的八宝糖，就当将军。软绵绵的奶糖就做将军夫人。往后，只要我翻动父亲那只疲惫的公文包，总是能发现两三颗糖果。

只是，父亲也会与我玩笑。他将收集来的那些糖果藏得很好，我需要扒开密密麻麻的文件，才能尝到一些甜头。有时摸到鼓鼓囊囊的，以为在外边口袋，他却将之藏在隐蔽的内衬里。

我翻找父亲的公文包，这几乎成了他回家后的例行检查。怡口莲的软糖是最好吃的，但吃多了腻味，且不常有。怡口莲的盗版品牌叫"怡口链"，像是带上了河北口音，我吃过，甜得发苦。阿尔卑斯牛奶糖也不错，它的盗版品牌叫作"阿尔鼻斯"，"阿尔鼻斯"近乎无味。

那天，我在河边的幼儿园里，说是学习，也不过是昏头昏脑地过着我的童年。是一个夏天，酷暑，知了都热脱了树。我们吃过午饭，就被小美老师安排去午睡。午睡睡的是大通铺，上下两层杉木板，伢童们结结实实地挤在一起，每个人的膝盖都紧贴着：如果初时平躺着睡，忽然侧一个身，那就无法再平躺了，那些空余就叫其他平躺伢童放松的身体占了去。

那天，小美老师将我们安置在午睡室。等她走后，孩子们照常召开例会。午睡室里很昏暗，只有墙壁上开着一扇用木栅栏钉住的小窗户，透露出外边的春草和清透的光。朝天椒说：

"你们谁还搞得到那种纸？你们懂我意思吧？之前那种纸还有很多，后来大家都叠飞机，那种纸就不多见了。"

有人附和说：

"对。一般的报纸软趴趴的，统统叠不好飞机。"

我美滋滋地想，暂且不要开口，安静地听一会儿，就让他们去说，就让那些孩子去说。那是我爸爸办的报纸，我一清二楚。

小二说：

"阳阳家里还有一大沓。很大很大的一沓。那一沓，比小美老师还要高。"

我想，是时候轮到我说两句了。我咳嗽一声，说：

"我爸爸……"

我忽然看见墙壁上那扇小小明亮的窗户后面，出现了一颗油头脑袋，正对着我笑。爸爸来了，我指了指说：

"那是我爸爸！"

父亲来看我，但已到午睡时间，便绕至小道，探看我的情况。屋子里黑压压的都是伢儿脑袋，他一时找不见我。我叫着他，跳下床板，胡乱踩着不知是谁的鞋子，跑到窗边，同学们便都扭头看我。

父亲只是笑，一直笑，一直笑。他将公文包举起来，半塞进幽暗的窗户里，要我隔着栅栏找糖。昏暗之中，公文包挡住了他的脸，栅栏的缝道实在太细了。我费力地摸了半天，才掏出两颗糖果，一颗是怡口莲，一颗是阿尔卑斯。

父亲将公文包缩回去，窗口听见风静静地吹。过了一会儿，父亲说："这里还有一颗。"从里衬中又掏出一颗话梅糖递给我。

"爸爸，"我一边将糖在裤兜里安置妥当，一边说，"那种纸还有没有了？有的话再给我一些。"

父亲愣了一会儿，方才知道我说的是那份报纸。他从公文包里抽出一沓，穿过栅栏交到我手上，让我分给朝天椒和王小二他们，一起叠纸飞机。

我接过那沓报纸，父亲就将公文包拉紧，又挟在了胳肢窝底下，要我去睡，他便沿着小路走了。

朝天椒凑上来，说："阳阳，你爸爸怎么穿西服？"

他们叠纸飞机，黑压压的脑袋聚在一起。我专心地透过那扇小窗户，看见父亲在干燥的、两侧遍长野草的小道上越走越远，最后黑色西服向左转弯，消失在了墙壁之后。那条路便显得有些寂静了。太阳很晒，褐色泥路坚硬干燥，而且皲裂得很。我们一直叠纸飞机，校场上插满横七竖八的纸飞机。再过不多时，这种层压板报稀少而且难寻，不再容易得到了。

没有名字的幼儿园

我印象中，后渚村小巧玲珑，只有从家里到幼儿园那么大；但村子实际很大，囊括了数不清的田畈和河流，山丘连着山丘，一直向远处延伸。那个没有名字的幼儿园，就靠着一条没有名字的小河，值日生平时洗拖把，将乌漆漆的拖把浸湿的地方，就是在那条小河。我们对准岸边黏附的青苔撒尿，也是在那条小河。

说到撒尿，朝天椒最厉害。他能够一口气将尿撒到河对岸，准确地冲剥下一整块拳头大小的青苔来。

幼儿园是和缫丝厂合办的。一到特定的时季，缫丝厂便用竹篾运来了蚕虫，饲以桑叶，铺放在一层一层的竹篾里，施以蒸笼架构。后来因孩子多爱取玩蚕虫，小美老师便用竹尺打手心训诫。但这种告诫收效甚微，为了蚕虫，我们可是不怕这一点疼的。缫丝厂便将蚕虫藏匿起来，我们只好捡一些竹筐里的桑叶玩。再过一段时间，虽然不见蚕虫，但已知道它们结茧了。我们掰着指头算：过不多久就该缲丝了。届时需将蚕茧水煮，整个幼儿园便弥漫着蚕蛹浓烈的腥臭味。那味道与厚重的汗味相类。

缲丝厂停工以后，腥臭味团结在一起，久久不能散去。你赶它，它就躲。时间久了，反倒越来越像山羊膻味。需再经过几场雷雨，气味才能略微清新一些。

小美老师用手指在空中左左右右地比画，说：

"'蚕'字是'天'字底下一个'虫'。"

那么我们先学习"天"字怎么写。小美老师有一块可以活动的小黑板，上面的板书是请镇上退休的小学校长赵利慧写的，十分工整。她总是将这块赵先生的板书放置得很高，以免我们好动的手摸糊了它。现在，小美老师指着板书上的天字说：

"'天'字，有两横一撇一捺。有谁发现这两横有哪里不同？"

小美老师的丈夫听见上课的声音，便鬼鬼祟祟地将头探进教室。这时，黄皮狗也来了，跟着叫了三两声。她的丈夫是个身材高挑的人，脑袋却极小。他的动作总是刻意地染了喜剧色彩，我们一见到他，便吱吱嘎嘎地笑起来。小美老师一手向外作驱赶状，像喝退两只看热闹的黄皮狗，右手则在空中比画，竭力想要将孩子们的注意力拉回课堂。小美老师有一盒粉笔，但用了一个学期也不曾见少。为了保护板书，她总是只是在空中比比画画，末了让我们一个一个走上讲台，在她的手心里写字，小美老师的手心软软的、红红的，像蚌壳肉一样。有时候我用指甲挠一挠，她还会怕痒地缩起手指。

在没有名字的幼儿园，我们就是这样学习的。小美老师只教几个简单的字形，把赵先生写在小黑板上的模范字上完，语文课就学得差不多了。至于拼音，小美老师只会 abcd，教我们念：阿波呲嘚。我们"阿波呲嘚"了一个学期，拼音课程也就结束了。因为后面的 efg，小美老师也念不准确，为了避免讹误，索性一概不教。英文课是罕有的，小美老师只教我们 Apple 和 Banana。我们尖叫着，笑着，互相追逐着，在教室前的空地上大声地喊：阿婆、阿婆、白奶奶。

阿婆、阿婆、白奶奶。小美老师跟着我们一起，大声地喊。

我们没有自然课，因为女同学怕哭了怪叫的知了，自然课就取消了。我们的绘画课是在狭小的教室里上的，大家用铅笔在纸上画鸟和太阳。没有笔的孩子，就用食指在课桌上默默地画。太阳是大红色的，且永远只有半个——这是属于小美老师的"三一律"——鸟儿的眼睛永远只有一只，小草永远呈现锯齿状。

小美老师正襟危坐，在她的绘画理论课上说：

"……这很复杂……关于鸟儿为什么只有一只眼睛……这涉及古希腊的绘画规定，透视法……从鸟的右边看，你永远只能看到它的一只眼睛。"

大概是这么说的。总之，也差不离了。我们虚心地接受这样的定论，在纸稿上下苦工夫。为了打好绘画的基础，我们画了一千零一只飞翔在纸张四分之三高度的小鸟，它们由两个三角形（喙与躯干）、两个圆形（眼睛和脑袋），还有四条射线（两腿与两翅）组合而成。再没有比没有名字的幼儿园的学生更会画鸟儿的人了。

手工课则是搭积木。小美老师从储藏室里拖出三四个蛇皮袋的玩具，倾倒在拼拢的课桌上，孩子们从座位上站起来鼓掌。这些玩具多是从义乌批发来的，按公斤卖；加上保护不善，所以缺胳膊少腿。有时候奥特曼的脚被安到了牛魔王的头上。我最爱上手工课，那时候我想，如果可以上一辈子手工课该多好啊。王小二笑着，数落我短浅的目光。他说，只要我们长大了，这些玩具想要多少就有多少，你想玩奥特曼就有奥特曼，想玩汽车人就有汽车人。那还上个锤子的手工课。

我问："锤子是什么意思？"

王小二说："到时候，我会买上整整两蛇皮袋的百变小樱，把房间角角落落都摆满。我要左手玩汽车人，右手玩奥特曼。玩得不高兴，我就将它们丢进厨房的垃圾筐。"

体育课安排在手工课之后。我们的手工课刚结束，王小二总是念叨着他长大以后的事，玩得便不太起劲。朝天椒说：

"小二，以你目前的智商，也只能想到汽车人和奥特曼。你不懂的是，大人们玩的不是奥特曼，是夜明珠。"

朝天椒转面向我，说：

"阳阳，大人们玩的不是奥特曼。"

朝天椒摊开他的手掌心，说：

"而是这一颗，夜明珠。"

那颗翠绿色的珠子，可怜地缩在他的手心里，他颠着手掌，珠子便躲来躲去。他向我们展示夜明珠的不同侧面。

我们跟着他来到遮阴的地方，他双手将夜明珠捂住，呼号着要我们排成一列，谁不想见识夜明珠呢？我们只好乖乖按着他说的去做。朝天椒汗津津的双手只露出一道缝，要我们把眼睛放进去。眼睛怎么放进去呢？但我们还是照做了。这真气人——里面什么也没有嘛——我还以为那颗翠绿色的夜明珠会把朝天椒捂着的手照得翠亮。尽管我们什么都没有看见，但王小二愣了一会儿之后，揉了揉自己的眼睛，说：

"朝天椒，这实在是太亮了。"

尽管我什么也没有看到，我还是说：

"是的，我看见了绿色，在发光。它在发光，像一片树叶。"

王小二说："朝天椒，你该提醒我们，它刺到了我的眼睛。"

菲菲说：

"我看到了一片原始森林。"

小莹说："我好像看见了老虎山上的那种绿光。朝天椒，这颗夜明珠，你是在老虎山上捡的吗？"

朝天椒愣了一会儿，看了看我们，有些结巴地说：

"这……这是我爸爸给我的。我……我想是吧。我爸爸有时候会去老虎山。"

我们听说，老虎山上到处是老虎。棠公山上到处是糖果。泥鳅岭上到处是泥鳅。明知老虎山有老虎，偏向老虎山行。

夜明珠的主人朝天椒也把自己的眼睛放进了双手间的缝儿里。我有些担心地看着他的动作，担心地说：阳阳，我什么也看不见。他专心看了一会儿，将头伸出来，扫视着围拢的众人。

"怎么样？"我问。

"真不愧是我的夜明珠。"朝天椒说，他慢慢地摊开手掌，小心地将那一颗翠绿的珠子在手心里颠来颠去。

菲菲也说，真不愧是夜明珠。

然后，如果那也算成一节课的话，我准备最后介绍我们的午睡课。午睡一定是这所没有名字的幼儿园里最难熬的一件事情。那间专为孩子睡觉搭建的砖瓦房十几平方米，两侧上下有杉木板，中间留一狭窄过道。孩子们踢了鞋子，热烘烘的，上床就睡。当时大家的鞋子多是在浮玉街劳保店里买的，款式几乎一样。于是往往出现了睡醒后错穿鞋袜的事，有的人一只鞋新，一只鞋旧；一只鞋宽大如船，一只鞋窄小如梭。穿错鞋的就在班上喊："谁穿错鞋啦？"于是，三三两两的人聚在一起，再将鞋调换回来。但调换之后，仍有觉得不对劲的，也就稀里糊涂地穿着作数了。我就常是稀里糊涂的一员。

这间睡眠房实在小得可怜。加之只在墙上开了一扇小窗来换气,便夏热冬凉。小美老师紧急调来了一台电风扇,她真是个仁慈的好人。汗水从额头生出来,从脖间生出来,从胳肢窝生出来,很快就洇湿了草席。我想要动弹,我想要造反。但我们挤得太紧了。后来我听说,白人押送黑奴时,将他们塞进橡木桶,只露出一个脑袋,然后放进船舱里,无法行动。我们都动弹不得了。但我一动不动的时候也在想着,小美老师真是个仁慈的好人。朝天椒的力气大,他想要侧睡就侧睡,想要仰卧就仰卧。力气大的人总能找到办法,但我不行。

这间睡眠房就像是一艘船,这艘船就像是三角贸易上的急先锋。

逃脱午睡的办法不多,一个是帮小美老师剥毛豆,一个是帮小美老师洗拖把,洗干净拖把,再把教室的水泥地拖一拖。我不懂为什么每天都要拖地,也许是天气太闷晒,为了防止地面皲裂。也许是这样。但这两项活计总是难得,有时一周也轮不上一次。

那天,小美老师指派我和朝天椒一起洗拖把。我高兴地扭动着藏在鞋子里的脚趾。洗拖把是难得的美差事,和朝天椒一起洗拖把就更难得了。他总是有许多新奇的想法,胆子也大得出奇。我们提着拖把,走出了那扇没有名字的幼儿园大门,大门是生铁制的,很厚实。

"把拖把拖在地上,不要悬空。"朝天椒说,"这样洗的时候,水就会黑得出奇。"

我们拖着拖把，沿途多是灰泥和沙砾。晒太阳的金花阿婆眉头皱起来，攥着一把蒲扇，拍着自己的大腿，说：

"你们两个讨债鬼！"

我想，朝天椒真有本事。金花阿婆平日里半天也打不出一个屁来，朝天椒这就引得她骂骂咧咧的。又想，这根本不是金花阿婆的拖把，她倒管得宽。朝天椒拍了拍我，说："这面沾满了，我们换个面。"我们就将拖把换了一个面，继续拖着走。

金花阿婆站了起来，手颤巍巍地指，说：

"啧！这两个讨债鬼。"

很快，就走到了浅浅的小河边。天空开阔，也很蔚蓝。我们手拎拖把，笔直地浸下去，抖搂几下，河水立刻变得像墨汁一样，沙砾和泥土就随之缓缓流走了。我脱下裤子解手，趁我方便了一半，朝天椒忽然提出要与我比谁尿得远。此时我的方便已成了强弩之末，就摆摆手说不比。朝天椒就顾自己露出雀儿，冲击着小溪对岸的石青苔。

往这条没有名字的小河再走上几十步，开着一家小卖部。朝天椒一会儿买了香烟糖回来，装模作样地抽了一会儿。香烟糖是形状造成香烟状的糖果。一会儿，他扮够了瘾，就将糖果拆分，与我同吃。

我们洗了好久的拖把，河水都流累了，方才回去。拖把一路滴着水，我们提着它的腿胫，疾疾地往回走。

"小心李华。"朝天椒停住脚步，拍了拍我。

我一手仍旧提着拖把，细细地辨认着。李华是李强的弟弟，是后渚村最大的疯子头领、精神病患者，他也是世界上最无聊的人，整天只会从这里走到那里，也不闹吃要喝，似乎是个太阳能造人，只需晒晒太阳。我忽然有些怕。李华不系裤带，黑索索的裤子松松垮垮的。我有些害怕。蓬头垢面的李华头发炸裂，像一只黑色的狮子。

他正在慢慢地靠近我们。

"不要看他。低着头，他就看不见我们了。"朝天椒盯着地面，低头疾走，悄悄地跟我说。

那一次，小美老师的丈夫不知是从哪儿冒出来的，身后依然跟着那一只瘦小但狺狺的黄皮狗。他接过我们的拖把，走在我们的前面。我和朝天椒贴着墙壁，慢慢地、慢慢地走动着。我看见这一大一小两只黄皮狗目不转睛地盯着黑狮子的眼睛。我们安全地走进了幼儿园的大铁门。

然后，我们拖地，而同学们睡着。我忽然想，李华算是坏人吗？也许没有谁完全是坏人，有时候只是误会一场。我想一想李华，再看一看开阔的天。天很开阔，也很蔚蓝。后来就再少见那样的天色了。

小美和她的丈夫

小美老师的丈夫是在街上卖力气的三轮车夫。他有两辆三轮车，一辆是拖运货物的平板三轮，上面总是盘着些粗厚的麻绳。一辆是运人的靠椅三轮，靠椅上装有一顶可以伸缩的敞篷。

我们叫他小武老师。村里的老人们叫他小武。小武的眼睛细长，鼻子高挺，嘴唇厚而干裂，脑袋看上去小小一个，瘦高个，做起事来手脚利索。谁家买了冰箱、洗衣机要搬运，都是叫的小武。你老远叫一声小武，小武就踩着他的三轮车来了。

没有货物可搬运的时候，小武就骑着他的靠椅三轮，在汽车站等散客。许多客人从安徽坐车来，多是幼儿园的家长，他们看见小武，毕恭毕敬地说：小武老师早上好！小武老师中午好！小武老师晚上好！还要递给小武香烟和糖。小武喜欢把香烟别在耳朵上，两只耳朵一边一支，像一杆秤，公平又公正。

小武老师高兴的时候，就站起来蹬，不高兴的时候他就坐着，慢悠悠地蹬。高兴的时候，蹬得又急又猛，三轮车常常驶离地面，凌空飞行似的；链条像是着了火一样。家长们心惊胆战地抓着座椅，又不好劝阻他。有时候，连木头座椅也会飞起来；小武老师要是高兴，总能嗖的一下就把你送到。

小武喜欢别人叫他小武老师。他在中午赶回幼儿园吃午饭，就是为了听我们说一句：小武老师来吃饭了。车站下午一点至三点，没有进站的车辆，要是再没有人找他拖运电冰箱的话，他就会把那辆绿漆的三轮车停在教室的空地前，按两下小铃铛，来盯梢我们学习的情况。他养的黄皮狗听到铃铛作响，就会从狗窝里蹿出来，蹭着小武的工装裤打转。

小武总想教我们些什么。比如算术，比如语文。他开始抽空讲上几句。比如讲讲蚕宝宝成精的传说，讲讲狗撒尿为什么要抬起一只腿——因为那是济公捏造的泥腿子，哈哈哈！笑话还没讲完，小武就自己先笑了，留下我们面面相觑。他总是趁小美老师做饭时，抽空在空地上给我们讲几句。他讲述时，厚嘴唇翻动得很快。我盯着他嘴角的白沫，总是不愿意去想起他的另一重身份：小武只是一个卖蛮力的三轮车夫。

小美老师做完饭菜，将那对黄铜铃铛敲得叮当响。我们听见铃铛声，就从围着的小武身边散开了。一会儿，小武和他的狗也来吃饭了。小武吃饭总是很急躁，在饭上倒一点辣椒酱，搅一搅，用筷子将米饭往嘴里拨。吃完后，他站起来，端着碗筷去了水池旁边，拧开水龙头。这时黄皮狗也走了。他们吃他们的，我们吃我们的。

小武喜欢别人叫他小武老师。

小武当上我们的体育老师，那是不久后的事情。

为了让小美老师愉快地接受他给自己的任命，小武特意骑着三轮车去街上的文具店买了一只银色的口哨，那只口哨银光锃亮，挂链是细捻的红绳。我几次夜半做噩梦，就是梦见了这只口哨在无人时，兀自呜呜作响。小武老师一边吹着口哨，一边带着我们在教室前的空地上跑圈。热完身以后，他喜欢教我们一些稀奇古怪的锻炼方法，比如让我们学习青蛙跳，或是攀在门框上做引体向上。如果小美老师一时不知去向，体育课的内容就更稀奇了。小武说："你们看，看仔细了，看看小武老师的嘴巴是怎么做到的。"他让我们跟他一起抿起嘴唇，学习《动物世界》里的大猩猩。朝天椒抿起嘴唇，将双手垂下，不时弯曲肘关节拍打着自己的胸脯，他总是学得很好，因为他嘴唇够厚，手臂也天然地有些长。小武奖励学得最好的学生吹他的银口哨，我一次也没有吹上过，朝天椒说，银口哨里有一颗珍珠，吹的时候，珍珠就在口哨里打滚。有时候，小武让我们学习海豹，在铺着广告布的地面上滚来滚去。要是小美老师看见的话，一定会举着她的锅铲冲出来——但我不明白为什么。我喜欢打滚，我们都喜欢在铺着广告布的地面上滚来滚去，可小美老师从来不允许我们这么做。每当小武带着我们打滚时，总有女生趁不注意，就去将小美老师引来。

很快，朝天椒成了小武的副官。这件事发生得有些意外，小武忽然就从他的脖子上摘下银口哨，转而戴在朝天椒的脖子上。你吹呀，你尽管吹，小武笑起来，说。朝天椒略有迟疑，就在我们羡慕的目光下，一声声地吹起了口哨，口哨声越拖越长，越来越响亮。大家都聚拢过来。

"今天小美老师出去了，我们玩倒立。"小武说。

"今天小美老师不在，我们玩摔跤。"或者，小武老师这样说。

我们也喜欢玩倒立。每次倒立，都是朝天椒先上。他像个真正的古代武士，一个翻身就将自己倒悬过来，双脚靠在墙壁上。孩子们凑在一旁计数，黄皮狗也在人群中穿梭地绕来绕去。数到一百时，朝天椒已面色酡红，想象着自己是一位受伤的英雄，学着他们呕血的模样，朝地上啐了一口唾沫。他收了姿态，我们大家一起鼓掌。就轮到别人上了。轮到我时，我总爱示弱，我享受被他们温柔嘲讽的感觉，我喜欢衬托朝天椒的厉害。更何况，我的脚总是架不住墙壁。他们帮忙固定住我的脚踝，我看见世界都倒转过来了，我看见大家穿着清一色的灰色鞋子，那些脚在我面前走来走去。黄皮狗显得十分巨大，我看见黄皮狗黑乎乎的肉垫和它的爪子，我从未那么清晰地看过它；天和地倒了过来，地是蔚蓝的天。我想，现在到我示弱的时候了，我就呜哇大叫，他们嘴上一边嘲笑着，一边小心地将我放下来。

每当这时，朝天椒总是隐隐地有些高兴。

我喜欢上小武带头的体育课。可是小美老师不喜欢。她在暗中斜着眼睛观察，如果看见我们玩倒立，或是别的什么，就会挥手，朝着我们大叫起来。我们作鸟兽状散了。小武笑着争执几句，或是一言不发，也从墙根底下离开了。

事情大概发生在一个月以后，或者更久。

小美老师的锅铲打到了小武的头上。

朝天椒说，我看得非常清楚，砸得很重。"呼"一声，像是原子弹的爆炸。

那天下午的体育课，我们围聚在小武身边，期待他再带领我们玩些什么新花样。朝天椒吹响副官的银色哨子，吹得像冲锋号。一会儿，等女孩也散漫地围拢过来，小武咳嗽一声，开始讲话。

"今天小美老师不在。"

我们欢呼一声。

"今天我们跳广播体操。"小武说。

我们哀号一声。失望极了。

小武的厚嘴唇微笑起来，像是有什么惊喜准备着。朝天椒被他叫到地势稍高的地方，充作领操员，面对着我们。

"先教你们第一个动作。八个八拍。首先侧身，眼睛半闭，用一只手，抚摸另一边的肩膀，然后，把衣服拉下一截。"

我们笑起来。

"再教你们第二个动作。八个八拍。首先，扎马步。扎好马步以后，双手交叉放到你的马步底下。好，手不交叉时，腿并拢。手挡在前面，交叉时，张开你们的腿。"

我们笑起来。

我们照着做了。大家一边做操，一边调笑。我们不知道究竟有什么可笑的，但就是笑个不停。黄狗也摇摇摆摆地走来走去，像是在笑。

小二悄悄地与我说：这是脱衣舞。每月的下旬，镇上的大卡车就拉上满满一车的女人，到集场里跳脱衣舞，大人们交上五块钱就能进到集场里。小二说：我趁他们不注意，也钻进去看过。

小武手叉着腰，扫视我们。

小武满意地说，要是有音乐就更好了。

闹哄哄之间，忽然，锅铲砸将下来了。就砸在小武的头上。后来，朝天椒说，谁知道小美老师是什么时候回来的呢？也不知道她为什么这么生气？那可是实打实的锅铲，他只听见"呼"的一声，沾着洗洁精的锅铲就出现了，小武老师的头像是砂锅做的。外面看上去还没有裂痕，但里面一定有什么东西已经砸碎了，就像原子弹爆炸那样，稀巴烂了。他听说，人的脑袋就像是一颗纸皮核桃的构造。

从那以后，我们上手工课，或是别的什么课，便常常听见小美老师和小武争吵。

朝天椒说：

"我听见小美老师和小武吵架了。"

过了两天，朝天椒又说：

"他们又吵架了。"

再过了几天，朝天椒指了指里屋，嘴唇动了动。我知道他是想说，他们又吵架了。我们只好装作没有听见，去了离那间屋子稍远的地方玩耍。

时间一天天地过去，事态仍在不断地恶化。在手工课的间隙，小美老师抛下我们去侧屋继续她的争吵事业。我们渐渐地听见尖叫声，锅铲砸地、碗筷崩裂的声音。我心里隐隐有些着急，那可是我们吃饭的家伙什，砸烂了，今天的午饭怎么办呢？王小二竖起耳朵警惕地问我们：他们好像在打架？小莹已经悄悄地抽噎起来，一会儿，菲菲也不甘示弱，抽动着粉红的鼻子，像是要哭；女孩儿们便都红着眼眶。朝天椒放下手里的积木，从门后偷偷溜出去。一会儿，他返回叫我和王小二。

我们替他找来砖块，垫在他的脚下。

朝天椒攀着侧屋的窗户，偷偷往里窥探。锅碗瓢盆还在继续地砸，我听见小莹的哭声，听见小美老师呜呜的哭声，黄皮狗也在一旁呜呜地吠着。我想，这个世界真是乱套了。这个世界真是乱糟糟又闹哄哄的了。我想倒立，世界一吵闹，我就想要倒立在墙上。

朝天椒忽然作势从砖块上跌落，原来是小武急匆匆地摔门走了。黄皮狗追上去，挽留似的叫了两声。小武急急地骑着三轮车走了。铁门"咣当"一响，黄皮狗怔怔地盯着门闩，也不再吠了。

我们不敢交谈，只是蹲下来屏息地注视着那间屋子。过了一会儿，小美老师也捂着脸，啜泣地走出了这所没有名字的幼儿园。

我们三个悻悻地回到教室。

我们玩了一会儿积木，金花阿婆过来了。她要我们就待在教室里玩积木，不要走动，而后，便锁上了幼儿园的大铁门。中午时，金花阿婆端来了一锅水饺，水饺有韭菜鸡蛋馅的，有猪肉馅的，我不喜欢吃韭菜鸡蛋馅的，但饺子煮成一锅，区分不开，只好稀里糊涂地吃了几个。

整个下午，只剩下了搭积木这件事。我们已经搭了巴黎圣母院、埃菲尔铁塔、科隆大教堂，竟然仍旧叫我们把弄那些染色后的木头块，再这么下去，我们非搭出另一个地球不可。

我将积木随意地垒在一起，一边垒一边对王小二说：

"好像玩一天积木，也不是那么高兴的事。"

"我们可以去看马戏。大象马戏团就要来了。"

于是，我们的注意力被大象马戏团吸引，热忱地谈论了一会儿马戏的事。大家或是专心搭积木，积木倒了，便俯身去拣。或是大声地说话，教室里闹嚷嚷的。那天下午的时间很快就过去了。手工课之后没有体育课，只是金花阿婆慢慢地赶过来，一言不发地打开铁门，看着我们被接走。又慢慢地，一言不发地将铁门上锁。

到了第二天，王小二的父亲到幼儿园代课，他的眼睛瞪得很大，为了看住我们。中午时，仍旧吃金花阿婆包的水饺。现在我已经能看出一些门道了：韭菜馅的水饺，印花是用手捏的。而猪肉馅的水饺，印花是用指甲掐的。朝天椒说："妈的，我看见了。"

我们说，你看见什么了？

朝天椒说，我看见小美老师的眼睛一圈乌青。小美老师的眼睛肿了。

我们就不再说话了。我们继续喝汤、吃水饺，想要装作没有听见。朝天椒将水饺吃得很响，咬着牙切着齿。喝汤时咕噜噜的。

又过了一天，小美老师来上课了。她头发乱蓬蓬的，什么闲话也没有说，继续教着"蚕"是"天"字底下一个"虫"。小美老师的眼睛乌肿着，嘴唇上也有瘀青的斑迹。我们憋着一股怒气。到了下课，我们四下问着，说："黄皮狗在哪里？"

黄皮狗和小武很相像。黄皮狗的脑袋也小小的，但我并非特指样貌，我是说气质。平日里趾高气扬的，等出了事，就和小武一样没了踪影。我们四下寻找着，一会儿，王小二边跑边喊：找到了那个东西！就在茅厕旁边的榆钱大树底下缩着。我们赶过去，黄皮狗就在树旁边蜷成一团，听见我们的声音，哀哀地抬起眼睛看了看我们。我们友善地叫它："黄皮狗，来。黄皮狗，来。"它呜呜地低叫着，慢慢起身，低头垂尾地向我们走来。它离得近了，它离得越来越近了。我们忽然拽住它的尾巴，朝它的肚子痛踢了两脚。它哀鸣着，疾疾地跑开了，重新躲回榆钱树后面，不敢再动。我们骂道："小武，你妈了个巴子的。"但我们并不知道这话的具体含义，都是跟大人们学的。黄皮狗那双水灵灵的眼睛怯怯躲闪地窥看着我们，就躲在树干的背后，眉头似乎微微不解地皱着。我们捡起碎石子，朝黄皮狗又丢了两块，它就弃了榆钱树，跑去更远的地方了。我们继续捡着碎石子，朝锁着的铁丝车棚里用力地丢去，小武老师的三轮车也像是哀鸣般，回荡着铁皮鼓的声音。

我们丢没了力气，一边骂着，一边回到教室。

有时候，傍晚的阳光照着她的侧面，她便将眼睛微微地眯起来。她打哈欠时，小心翼翼的，用手掩住眼眶的光。

我忽然觉得小美老师老了。

那闹剧宛如一场自由狂野的梦境。我们骑着马，冒着危险在草原上奔驰，但很快，缰绳被勒住了。我们的体育课又回到了往常的样子。没有倒立，没有口哨，没有摔跤，也没有跳舞。我们只是围在一起日复一日地做着乏味的早操。小武有时也会回到幼儿园里，与我们一起吃饭，但长久地一言不发，就算是要说话，也只是轻轻地与小美老师说上几句。

黄皮狗绕来绕去，东嗅西闻。也不怎么吠了。

朝天椒

后渚人喜欢种朝天椒，因为朝天椒耐旱多发，近乎无本生意。和胡萝卜、花生南渡至中国生根发芽一样，最早引进"湖南朝天辣"辣椒的人究竟是谁，已不可考。你想象一下，当地人给予这种凶猛辣椒的特殊昵称：辣辣椒。一边用手在嘴边扇风去辣，一边说着"辣辣"的叠词，以见其辣。这种植物入村以后，家家户户都借了种，在自留地里胡乱地播撒几株。这好像是一种装点门面的东西，一种盆景，绿色茎秆上簇着点点火红色；他们把朝天椒种在门前的裂缝中，种在废弃锈了的空痰盂罐里。毕竟这是无本生意。那时候说，你爱一个人，就请他吃朝天椒。

是这样没错。因为你爱一个人，就会希望轻轻折磨他，请他忍耐你所带来的痛苦。和吃朝天椒类似。大概是这么回事，关于爱这个东西，我懂得也不太多。

另外，我们也把那个男孩叫作朝天椒。

这个个子不高、头颅却颇大的黝黑男孩来自桥北，他的嘴唇宽厚如肠。我们这些孩子则多来自桥南，中间隔着一道百十米长的下田桥。桥南孩子彼此之间早已熟络。按照惯例，桥北的孩子多是去镇上念中心幼儿园，所以，朝天椒是怎么回事？怎么到我们的地盘上来学习了？谁也说不清楚。

那是我们第一次见面，桥南的孩子围在榆钱树底下乘凉。榆钱树叶多稀疏，实际阴凉无几。我们说着，看着，眼睛捕捉着这闷热夏天中一切值得玩味的事物。忽然间，那个黝黑的桥北孩子穿着一件宽松的蓝白条纹无袖衫走入我们的视线，在茅厕前久久驻足。他像是精确的机械一般停止动作，好像等待着我们眼神的捕捉。而后，当着不远处众多围观者的面，将小美老师种在茅厕前的一株青翠的朝天椒择了一节下来，眼神穆然地眺望着榆钱树的方向。茅厕前的那一株朝天椒肥料供给充足，平日里，男孩们就以浇灌它为乐趣，所以青椒长得又尖又长。他用手揩了揩辣椒上的泥土，准确地将之抛进嘴里。青嫩的辣椒在半空中转了两圈。他平淡地咀嚼着，将辣椒秆啐在一旁，用脚碾了碾，也不看我们，没事一般地走开了。

那是我们第一次瞧见这个个子不高，头颅颇大的男孩干出粗野的事。我们一时说不出话来。毕竟，那可是朝天辣辣椒。很快，桥南的孩子们都接纳了他。我们簇拥着他，他勇敢极了，他一再地表演生吃朝天椒的"节目"。从那以后，我们就给赵德勇取了一个外号叫"朝天椒"。

我们以朝天椒为荣。假使出了后渚村，我们遇到了别的同龄孩子，就会用大拇哥，指指我们空荡荡的背后说："朝天椒知道吗？我和他一个幼儿园。"或者说："你敢生吃朝天椒吗？你不敢的话，赵德勇可以吃。"赵德勇也就是朝天椒。

朝天椒的勇敢深深地吸引着桥南的孩子。平日里，我们跟在他的身后，有一搭没一搭地聊着，看他逛来逛去，不时地踢墙皮几脚，让雪白墙皮露出砖红色的内里。或是猛地一脚将一瓶矿泉水踢得老远，水溅洒了一地。

他的那双脚好像白天不踢点什么，晚上就会得佝偻病一样。我们窃窃私语，用手比画着，猜测下一个被那双脚击中的是什么物件，猜中了，心里不由得高兴上一阵。有时候没有风，仅仅是朝天椒走过，夹缝里的狗尾巴草也会瑟瑟发抖。

桥南的孩子很快就接纳了他。我看见他面含微笑，好像一切都是理所应当，看不出来有多高兴。

小武当上我们的体育老师没多久，朝天椒就成了他的得力副官。那只银闪闪的口哨，挂在细捻的红色长绳上，在他的胸口晃来晃去。他常常故意跑起来，那只银口哨就晃得更厉害了。每当倒立的时候，就用嘴叼着口哨，颇大的脑袋便整个颠倒过来，我和小二并肩看着，小二偷偷说与我听：朝天椒的头很大，所以下盘稳定，可以持久倒立。很快，冬天来了，小美老师告诉我们，如果你在室外放一瓶水，过上一夜，水就会结成冰。

第二天，朝天椒带着一搪瓷罐的冰块来到教室，他用桌角将冰块撞碎，放进嘴里嘎嘣嘎嘣地吃起来。等冰融化成冰水，又在大庭广众之下一饮而尽，惬意一呼。我们冷得将手揣在袖子里，吃惊地看着朝天椒像一只猛兽一样，将大罐冰块像冰糖一样地吃下去。

王小二看着朝天椒饶有余味地仰面举起搪瓷杯，捅了捅我，悄悄地说：

"朝天椒的头很大。说不定，杯里的那只是冰糖而已，也说不定。"

一会儿，捅了捅我，悄声说：

"要是天天这么干，保准他也受不了。"

王小二就是那种对一切事情都不服气的人。没过多久，我们聚拢在一起，成立了几乎是真正的帮派，那也是跟着电视上学的，玄武帮，朝天椒做大当家，王小二做二当家，而我，因为胆小，不善于冲锋陷阵，被授予军师一职。歃血为盟，我第一次听到这个仪式就对它充满向往。在下午三点钟，阳光斜照，那棵榆钱树下，我们跪拜在小美老师杂植的青红色辣辣椒面前，将三朵花蜜吸食了，朝天椒掰下了三个辣辣椒来，分给我们一人一个。稍后，见我们面有难色，便将我们手中的辣辣椒都抢过去吃咽了下去。

王小二用胳膊肘捅捅我，想要说些什么，可他什么也没有说。

我们就这样，叫一个桥北的孩子给征服了。

那个转校生是在另一个学季过来的。当时正值酷暑，世界热得一片透明，寂静无声。门忽然被推开了，他顶着一头酷似歌星王菲的短发，穿着一件干净宽大的白 T 恤，出现在了教室门口。他皮肤白得刚刚好，露出的胳膊，猪五花似的白，五官也很端正。我还是说说他的头发吧，那种酷似歌星的发型，我敢发誓，在后渚村没有一个理发师能够修剪。如果说那种发型像是得体的银杏，那么我们男孩的头发就是一丛乱蓬蓬的灌木，即使是推平了，也会留下坑坑洼洼的痕迹。

"这是杭州来的转校生，李明翰。"小美老师标准地笑着，说，"大大、大大大。"

我们便按着小美老师的节奏，表演起了我们的绝活：齐声鼓掌，掌声"啪啪、啪啪啪"地应和着。

小美老师适时地向这位来自杭州大城市的转校生展示了我们训练有素的教育水准。

王小二捅了捅我，说："听清楚了吗？这是杭州来的。"

从那一天起，我便觉得朝天椒隐隐有些不服气，故意侧过头去不看新来的转校生。王小二捅了捅我，又用眼睛指了指独自望着墙上斑点的朝天椒。

李明翰带来了幼儿园里的第一双帆布鞋。

真是令人难以想象，我们一齐看向他的脚：橡胶底配上纯白色的帆布，系上鞋带，这就叫帆布鞋。

这里的孩子几乎尖叫起来。大家都穿着浮玉路劳保店内购买的灰黑色短款套鞋。我们不会系鞋带，也没有鞋带可以系。

不仅仅是帆布鞋和发型。在李明翰到来之后，生活好像一切都变了。小美老师开始在洗手池处挂上了一块块天蓝色的毛巾，它们随风飘动着，好像一块块蓝色的云。而在这之前，墙上只有一排空旷的大头钉，天蓝毛巾从购买的那一刻就放进了橱柜当中保鲜，只在领导来视察时挂上一挂。

每次李明翰洗完手后，都会踮起脚，用毛巾细细擦干双手。我们则是胡乱地把手甩干。他问我们：

"你们不擦吗？"

我们摇摇头。我们的手时常是黑的，就算这一刻不黑，下一刻就会变得灰不溜秋。因为我们玩倒立，我们爬榆钱树。我们趴在粗壮的榆钱树胳膊上，看转校生从水泥搭建的茅厕里走出来，又去一旁洗手。

"你不怕手洗秃噜皮吗？"我问他。

"你们不洗手吗？"他问我们。

"有时候洗。"我说。我向他摊开我的手掌，里头沾着榆钱树上的灰粉。

"喂，小子，"朝天椒拍了拍左手边的树杈，叫他说，"你给我爬上来。"

我忽然有些紧张，我想，他穿着帆布鞋，真的能爬树吗？

果然，李明翰盯着墙角的凤仙花，想了想，说："谢谢，我不会爬树。"

我们看着他渐渐走远了，一边甩动着手上的水珠。

我想，李明翰和这里格格不入。他衣着太考究了，举止也很文明。他连撒完尿也要净手，这让人觉得有点滑稽。

没有名字的幼儿园里，很多东西暗自发生了变化。

我们开始重新上起了音乐课。在小美老师意外发现了李明翰还会弹奏钢琴之后，那架原本只作装饰用的木质钢琴总算奏出了我们从未欣赏过的音乐。老旧的褐色木质钢琴重新在李明翰洁净的双手底下恢复了青春活力，这是我第一次听见《致爱丽丝》《梦中的婚礼》和《爱的纪念》。尽管李明翰有时也会弹得疙疙瘩瘩，但我想，这一定是曲子本身的问题。我想，原来这就是钢琴曲。

一曲结束后，我们就在小美老师的指挥下，按着"大大、大大大"的节奏，整齐划一地为这位小钢琴家鼓掌。每当这时，朝天椒就会抬起头，兀自望向墙上的斑点，一言不发。

我们在古典音乐的伴奏下，唱起那些歌。我们开始拿腔捏调，发音夸张地试图去押韵。时间一久，也就恢复常态，不再装出文雅的模样，回到了之前敷衍了事的上音乐课态度了。

下课以后，人群散尽了。我凑到李明翰身边，说：

"我的外公也是弹钢琴的好手。"

他露出惊喜的微笑，握了握我的手。他洁白的那双手，竟然像绸缎一样光滑。

"那么你也是钢琴世家了？我的父亲母亲就是因为钢琴认识的。对外祖父来说，钢琴是他生活的调味剂。"

我将手抽出来，有些羞红了脸，我说谎了，我吹牛了，我的外祖父只是做工时意外捡到了一台废弃的旧木钢琴，我家也没有一台真正的钢琴。我就快要为他倾倒了，为这个来自杭州的孩子。

"因为要弹钢琴，"他说，"所以我不爬栗子树。"

我想了半天，才记起那天的事。

"那是榆钱树。"我说，"我还以为，是因为你的鞋。"

"什么？"他吃惊地说，"不是，帆布鞋就是用来运动的。皮鞋才不能运动。"

我点点头，想告诉他，我有一双真正的皮鞋。但忽然看到我脚上的灰黑套鞋，就没有开口了。一会儿，又想，我其实没有皮鞋，我又吹牛了，那是属于我爸爸的旧皮鞋。扔在家中角落，也没有人穿。

我说："我们有个玄武帮，你想来吗？"

他看了我一眼，问："什么？什么东西？"

我说："玄武帮。帮。你明白吗？"

他的眼神似懂非懂，一会儿，问我说：

"'帮'就是一个'组织'。你在玄武帮里当什么干部？"

"我是军师。朝天椒是大当家。"

"你们为什么叫他朝天椒？"

我把朝天椒的故事说了。

"他可真厉害。"李明翰微笑着，说，"我一点辣都吃不得。我不想加入帮派。"

"你知道玄武是什么吗？"我忽然问。我不了解玄武，但我想，李明翰也许知道。

"玄武就是一只老乌龟。"

我一点也不介意李明翰不加掩饰地告诉我，玄武就是乌龟，乌龟即玄武。我一个人对着墙壁大笑了两三分钟。那段时间，除了音乐，李明翰所改变的事情还有更多。他就像幼儿园里的小雨果，打破了小美老师所设定下的"三一律"法则。太阳有了金黄色，云朵生出了波纹状，小鸟的翅膀有了纹理，而不再是简单的几何图形的拼凑。

那一天，李明翰决定画一画海洋和海底世界。

我们有些心惊地看见他将画纸涂成了蓝色，他开始画色彩斑驳的热带鱼，他开始画黑色柔软的海带，他开始画黄白相间的海星。

"这是什么？"我指着画上的图案问。

"海星。"他说。

朝天椒瞪了我一眼。王小二拿胳膊肘捅了捅我。

这幅画最后被小美老师钉在木板上，与赵丽慧的板书挂在了一起。

往后，我们学着李明翰的样子，开始画起了海底世界。再往后，便是千篇一律的海底世界了。

我忽然不再想同其他孩子爬榆钱树或是栗子树了。当我和他们一起，趴在栗子树布满斑点的枝干上时，我感到了前所未有的粗野。这种粗野真让我羞赧。我们对着从茅厕出来的李明翰吹口哨。朝天椒像以前一样，拍着他右手边空着的树枝，说："喂，小子。你给我爬上来。"

李明翰头也不回地走了。

我们笑起来。我们已经深深地感受到这种行为的野蛮无理。我们像是蓄意地对抗着什么。可越来越多的人感受到，这样的粗野不再算得上是什么光荣的事。

总之，朝天椒越来越粗野了，或者说，愈加勇敢。他一个人走遍老虎山上盘踞着虎豹的勇敢路，并采下了山上的老虎草作为证据。他向我们发誓，一路上他碰到了两条无毒的菜花蛇横亘路中，两条剧毒的五步蛇生有翅膀。五步蛇的脑袋像个肥胖的三角形，准备攻势时，如箭在弦上。"我用我的镰刀砍死了一条，另一条就从我的身边蹿过，逃走了。我发誓。"

"最后，我爬到了老虎山山顶，采下了这株老虎草。"

大家围上去，看着那棵普普通通的、尖端零星分布着红色小点的老虎草。

我们不敢说话。

朝天椒有些得意地说："我真搞不懂，那个转校生连栗子树也不敢上。"

周遭低下头，无人应和。下意识中，我忽然脱口而出：

"明翰以后要当一位真正的钢琴家。他不能让自己的手受伤。"

我被自己为李明翰辩解的事吃了一惊。小二和朝天椒也吃惊地看着我。

"我真没想到，有人愿意当叛徒！"他的声音像尖锥划过玻璃似的。

朝天椒狠狠地骂着我。他将脚边的鸡冠花踢得粉碎，深红色的花蕊撒了一地。我想，我和他的关系算是完蛋了。玄武帮也完蛋了。这个乌龟帮，乌龟帮的军师，谁爱当就让谁去当吧。

我们的玄武帮就是这样完蛋的。

在我远离了玄武帮以后，朝天椒像是发了疯。为了让我们赞叹，他几乎使出了所有办法。他不顾王小二的劝阻，坚持要求钻进废弃的仓库里。我远远地看着他从碎裂的门缝中钻进去。孩子们尖叫起来，屏气凝神地盯着那个黑洞缓缓飘散出灰尘。

李明翰说："我不担心朝天椒碰上鬼。这个世界没有鬼。我担心的是，里面的氧气充不充足。"

我说："什么是氧气？"

李明翰说，可以这么理解，就是空气。如果氧气不足，在里面就会透不过气来，就会闷死。

他从门洞中钻出来时，蹭了一脸的泥土。他的手上抓着一条黑色的东西，挂着微笑慢慢地朝人群走去。大家都吓得跑开了。最后，只剩朝天椒站在原地，佯装地大笑起来。

我们走吧。李明翰说，那只是一条沾满泥巴的黑色绳索。

接下来的日子，偶尔搭积木，但更喜欢听李明翰讲道理。那个时候，我还不知道什么是知识，什么是道理。李明翰告诉我什么是"杭五丝"的品种，大致是蚕丝、烟丝之类的，我也记不大清楚了；他和我说了空气和氧气的区别，空气不一定是氧气，但氧气属于空气。回去后我告诉爸妈，爸爸吃惊地说：

"你从哪儿听来的？你一个孩子怎么知道这些？"

我也偶尔听李明翰弹钢琴。从来没有人逼迫他练习，他纯粹是出于自愿，在大家都回去之后，经过小美老师的同意，留下来弹奏一会儿。这时候，黄狗就会不停地绕着钢琴打转，好像它也通音律。他告诉我，这一台是木头做的钢琴，还有烤漆的钢琴。我怎么也想不通。我不明白，一个人怎么能知道这么多的东西。这究竟是为什么？我坐在一旁的椅子上，听李明翰弹奏《致爱丽丝》。

他像是递给了我一把铲子，教我发现了自己灵魂之中安静的部分。和李明翰做朋友，是我引以为豪的事情。

王小二曾经捅一捅我，问我究竟出了什么事，为什么不再爬上栗子树，待在那儿的树干上。我摆摆手要他闭嘴。王小二说，回来吧，玄武帮需要你，我们再也不吵架了。

他趁机把折了几折的纸条交到我的手里。这是朝天椒写的情况说明，上面写："阳阳确实被我骂了。"只这么几个字。

我们谁也拉不下面子。

唉，可我再也不想回到乌龟帮去了。

朝天椒就像生活在一场冒险情景剧里。他从早到晚都在做着那些冒险的勾当。他颤巍巍地在半截墙头上起身，张着嘴完成他的自杀式跳跃。他找来一截轮胎，竖起后，笨拙地在其上维持身体的平衡。或是，在滑溜溜的溪石中完成一次次惊险的降落。他要我们计数，并在冒险完成后，像鼓励李明翰那样，有节奏地、"大大、大大大"地为他鼓掌。可掌声永远是不齐的。这是朝天椒的三板斧：从一个惊险的地方纵身跃起，降落到另一个地方。他需要这样做，来点燃我们的目光。我们需要为他的表演提心吊胆，需要为他担惊受怕，这就是他想要的。但那些招数很快就玩完了，所以他的所作所为变得越来越出格，越来越放肆。

他越疯狂，就越失落。他正一天天地风采尽失。桥南的孩子见到他，只是隐隐地觉得可怕，而不再是敬佩了。

我实在无法忍受了。我用手指捅了捅王小二，我开始嘲讽朝天椒，鄙夷地笑话他。可怜的王小二，他根本不明白发生了什么事。我告诉他，知识是一种力量，而且是比粗野更厉害的一种力量。我找不到别的词汇，只能说"更厉害"。彼时，李明翰正在告诉我氢气球能够飞上天，是因为里头灌满了"氢气"。

"氢气"也可以制造出"氢弹","氢弹"比原子弹更厉害。我正听得云里雾里，又若有所得，窗外闹哄起来，夹杂着王小二、小莹他们尖锐的呼叫声。

我和李明翰跑出去，老远，逆着光，什么都是黑蒙蒙的：只看见一道黑色剪影，一手扶着树干，颤颤地站在榆钱树上。我们混入人群。人群指着榆钱树，说：那个桥北人是不是疯了？他疯了，他究竟想干些什么呢？

声音起伏地说：那个桥北人和李华一样疯疯癫癫的，这下算是完了。

今天的冒险行为，是他拽着比墙壁更高出一头的榆钱树柔弱的枝丫，决心做一回人猿泰山，从这边荡到那边。他用手将三四细枝卷揉在一起。我们在地上散散地围着榆钱树，给他预留了足够的空地，兴奋地叫着：赵德勇！你疯了，快下来！赵德勇。他腾出一只手，从裤兜中掏出一根青红色的朝天椒，放嘴里咬着。间有几个玄武帮的散兵游勇在呐喊助威。榆钱树一声闷哼，他开始荡了，树丛之间哗啦啦作响，涟漪般不停。他的脸刮剌着那些叶子，身披仿佛是榆钱叶编缀成的原始外套，不时隐匿在绿色之中。他来回地荡着，越来越使劲地荡着。我们张大了嘴，屏息看着，忘记了起哄。刹那间，树枝断了，他斜斜地飞出去，被甩在干硬的黄泥地上。

我只听见一声钝响，一时无声。踮脚向人群的脖间缝隙看去，又看不见。过了一会儿，我听见一个男孩哭泣的声音。这声音呜咽着，时断时续，不多时就放肆地叫着妈妈，号啕起来。榆钱树叶落了一地，他的手指抠着两边的泥土，在玄武帮众人的搀扶下，弓着的身子被人架离了榆钱树下。

朝天椒哭了。

他一边弓着身子，任由大家拍打他满是尘土的屁股，一边抹着眼泪。他的手指间夹杂泥土，脸被摸得黑一道褐一道。

大家惊讶地窃窃私语起来。他所期望的那种惊叹，在他哭泣以后，再一次地发生了。我们想要给朝天椒他期盼已久的整齐掌声，但稀稀拉拉几次，掌声显得讽刺，就不再鼓掌。

李明翰看着，与我低声说："他好像太孤独了。你们是不是孤立他？他为什么这么孤独？"

我不明白，我怎么也想不通。我想，可能因为他是桥北的孩子，也可能并不因为这个。这就好像是我的一种固定的生活被搅乱了。好像我们本就应该崇尚粗野，而不是知识。我们没有孤立朝天椒，我们没有孤立谁。我也不知道我在说些什么。我是说，我觉得没有名字的幼儿园有一点不像它自己了。到处都发生了变化，我们听见钢琴曲，我们学会画海星。你有知识，但你不能改变所有人的想法。我也不知道我在说些什么。他们忽然涌上来，玄武帮的那几个，他们说，李明翰！你完蛋了，你这个连栗子树也不敢上的孬种！

所幸的是，他只在这儿待了一个学期。下个学期，转校生就调走了。生活慢慢掉入了旧轨。小美老师往木质钢琴上盖了一块红色绸布，继续周而复始地教导我们画几何鸟与红太阳。在逃避了那些改变以后，我忽然有些轻松，也有些欣然。因为他本身就不属于这所没有名字的幼儿园。又过了一年，我连他的名字也记不清了，好像叫李汶翰，又好像叫李明翰。记不清了。但我们继承了他的画法，我们终于能在花鸟画之外，也画一画夜晚平静的海面。

我和朝天椒的关系渐渐恢复如常。他的疯狂逐渐退潮，有时仍会做出一些真正勇敢的事让我们叹服，但不再一味地冒险。我忽然很轻松，也很怅然。因为李明翰本身就不属于这所没有名字的幼儿园。我也不知道我说了些什么。

接 送

爷爷下午要喝一杯红酒。酒用软木塞屏住气，拔出后倒在杨梅杯中，匀药般晃一晃，说是醒酒，但酒已经醒得不能再醒了。据人说，喝红酒利于软化血管。一瓶红酒分一个星期喝完，最后闭上一只眼睛，另一只眼朝瓶中看，舔一圈瓶口。这瓶酒算是真正喝完了。

爷爷喜欢把这些偏门的养生办法记在纸片上，装进废旧的香烟盒里。打开烟盒，抽出一张来，对心肝脾肺胃都有好处。比如说，葛根粉晒磨后呈白色粉状，据说是治牙痛。但后来听说此物也能丰胸，就不愿再用了。再譬如，蕲芽泡水据说是利尿，迎风也能尿三丈远，所以挖了许多蕲芽，晒干后囤压罐中。

蕲芽，就是艾草。

这些养生习惯，爷爷坚持不多时便七零八落。最后只有喝酒坚持了下来。

爷爷下午喝过半杯红酒，便骑着货用三轮车过下田桥来接我们放学。爷爷矮得很，上桥有陡坡，需要他站起来用力蹬。到了幼儿园，车尾转向校门，开始大声呼唤我的乳名。五个邻居家的孩子便和我一起，冒失地冲出铁门，争抢着爬上了三轮车。我们拥挤着将四把颠倒的椅子翻转过来，排排坐稳。两把是靠背竹椅，两把是矮小的板凳。坐小板凳需要促膝，我们便常常抢靠背竹椅。另有两个孩子无凳可坐，便用报纸铺了，盘腿坐在三轮车的末尾。

爷爷是个汗津津的劳动者，平日里多不愿意休息，经常围着村中事物和农作物打转。白色的汗衫在背脊处破了一个又一个洞，像是虫子蛀的。那些年，我们全凭这辆货运三轮车的接送，往返于桥南和幼儿园之间。假使哪天，我请假不去上学，这辆三轮车也会照例上岗，将那些孩子安全送返。

爷爷的货运三轮就是我们几个孩子的校车。

走路回家的孩子，喜欢效仿骑车的爷爷。因驮了六人，返程就更为吃力。身矮的爷爷总需站起来，咬着牙蹬，他一咬牙，便嘟着嘴，有时还会绷出一两个响屁。效仿的孩子便纷纷撅起屁股，憋着一张红脸，学了一会儿，哈哈笑起来。我也觉得好笑，我也学起来，他们指导我：嘴唇要嘟，屁股仍需再高一点。我拼命地以大众为师，这对于我模仿的进步确实大有裨益。他们说，好小子，学得比天法还要天法。天法是爷爷的名字。或者说，好家伙，学得比小伢还要小伢。小伢是爷爷的乳名。因爷爷矮极了，与伢童相比高不了多少，所以叫他小伢。

日子见长，孩子们便愈加放肆。太阳斜照的时候，他们撞上了来接送的爷爷，便噘着嘴，学着骑三轮车的车把式，驾驶着看不见的三轮车。爷爷以手掌遮阳，看了半天才看清，笑着叱骂：臭小鬼，臭小鬼。孩子们便一哄而散了。但这种事情已经因时间磨损，不过是飞鸟略过的身影一闪，后来怎么样，我已经记不清了。后来拆了那间民办幼儿园不久，种种事态也渐渐模糊。但大致是孩子们笑，爷爷也边骂边笑。等我们安顿好座椅，笑罢，爷爷仍旧安静地驮我们回家去。

另有一事也记得很清楚。围观的孩子们噪起来，却又不敢进一步挑衅。爷爷虽矮，但平时做惯了力气活，身上也凸着好几块肌肉疙瘩，加之面色枣红，活动起来颇有武将的气势。再不济，也是一个矮脚虎。所以他们怂恿我说："阳阳，你叫，你就用力喊——天法来了。"我暂时沉闷了一会儿，憋足了劲，大声喊道："天法驾到！"四周爆发出欢乐的空气，大家一时俯首鼓掌。我于是越发得意了，即使遭受爷爷的叱骂也在所不惜。从那以后，黄昏时，我时常留意墙壁上的时钟。我问王小二，此刻的钟点，那只钟表只有他读得懂。假若临近四点，我将格外留意三轮车刹车的声音。爷爷推开了学校大门，我便背起书包，边跑边喊："天法驾到！天法驾到！"爷爷于是弃了三轮车，要来捉我，但又捉不到我。四周笑得拍掌跺脚。但我跑步极其灵活，兜了一圈后，反倒跑回三轮车上，笑声渐息。

爷爷作势要打我，但宽大而皲裂的手却在中途软却，终于变打为抚。

为了给爷爷的运送再增添一些难度，我们想尽了办法。最后不得落座的两个孩子，就铺坐在报纸上，搭乘时需扶着三轮车尾的护栏。因护栏是镂空的，他们便将脚荡出车外，悄悄地以鞋拖地，施加反作用力。王小二悄悄对我说："阳阳，你来试试。"一次，我也坐在车尾，将脚荡出三轮车外，任凭爷爷骑着，我自让脚底自由地接触地面。摩擦力让我的脚底一阵酥麻，像是进行了一次足底按摩。像是富侨足道的按摩师用磨砂石搓着我的脚底。王小二说："阳阳，我们的脚就像一块鱼肉，而地面是一张砧板。鱼肉遇上砧板时，正是会因瑟瑟而倍感痉挛。"那正是我们双脚的处境。这样的玩法虽然有趣，但容易损耗鞋底。棉鞋是不可如此造弄的，一双奶奶亲手缝制的棉鞋，磨耗上三四次就揭了底。即便不磨穿鞋底，底面也会变得极为光滑，走路如履冰面，不能再穿了。

爷爷站着蹬，坐着蹬，咬牙蹬，气力愈发不足，但阻力却愈加之大。不由得狐疑。时常回头查看，但我们脚缩得极快，他又抓不住现行。即便抓到了现行，却找不到劝阻的方法。有几次，王小二的旧鞋宽大，拖曳在地面时，鞋子打了几个滚，离了脚。王小二哭叫一声，眼泪与鼻涕瞬时下来了。爷爷刹车，骂骂咧咧地走回去为王小二拾鞋。待为王小二穿上鞋，这哭闹与鼻涕也就戛然而止，像是一出苦情戏剧到了落幕的时间。王小二家与我家贴邻而居，我们朝夕相见，友情深切。我的爷爷也类如王小二的爷爷。为了继续这场游戏，王小二做好了十足的准备，他先是找到我，翘起鞋面向我炫耀：他在其上浅浅地匝了一圈自行车轮胎皮。又准备了两根红绳，用以系带捆绑。但爷爷已不让他坐在车尾，总是为其安排靠椅座位，这套装备便没能派上用场，不久，鞋底的胎面也拆卸了事。

爆胎的事在夏季也曾发生。车胎"嘭"一声，轮毂便颓了下来，转不动了。每当这时，我心中总是暗自喜庆。因为平日，桥底水深不可测，大人总不许孩子独自过桥行走。我们将下田桥当成了探险的处所。

爷爷指挥我们挨个儿下车，要我们呈一条直线走在里侧。那时的风和太阳都很和煦，我们不急不慢地走着，或倚着栏杆往下看湍急的水，我们看得出神了，便觉得头晕，那样的水流似乎要将我们挟持，一个又一个的旋涡里潜藏着另一个世界的进口。我们看看水，随手采撷着公路两旁行道树的枝丫。我们将枝丫折断，边走边敲击着沿途的围栏，大家敲击也有协律的时候，那时就像是敲击某种打击乐。等敲过了瘾，又以这些树枝当作击剑，扮作侠客打斗起来。

我们打斗时，不单单只有树枝做剑，另也有弓箭、盾牌。弓箭是以竹条配以芦苇秆子制成的。长宁河边寂寞地生长着大丛的芦苇，一入秋，翎子便饱满地垂落。王小二将芦苇秆子削尖，去粪池里沾上一些污水，号称见血封喉。这种箭矢的头部乌黑，伤害不高，但侮辱性极大。我们都躲得远远的。后来大家纷纷效仿，只好缔约，再不许将箭矢浸入粪池了。我们六个孩子成立了"常任理事会"，将芦苇统一收割后捆扎，囤积在院子里，按需有序地分发箭矢。因此这样的协商是可以达成的。

我们慢慢地由下田桥往回走去。爷爷推着车，不时摁几下车铃铛，在夕阳下听个响。

六个孩子多是邻居。其中有一个女孩，叫小莹，与我合得来。放学时天色尚早，她就随我返到家中做游戏，等炊烟升起再回自己的家。我的爷爷喜欢小莹，说小莹的脸圆圆的，眼睛水汪汪的，灵气十足。爷爷笑嘻嘻地叫她"小莹囡囡"。我与小莹玩的游戏总是很文明，不再是刀剑与弓矢，而是过家家、翻花之类。最激烈的，也许是用打火机当中的打电器捉弄对方。那种电流会让人的皮肤刺痛，我总是趁小莹囡囡不注意时，在她的手臂上打电。小莹惊痛，反应过来后便嬉笑着追逐我，我们绕着三轮车兜兜转转，她往左时，我便往右，僵持一阵。等我们追逐累了，就在这蓝天底下坐着。我从口袋中掏出贴纸，那是风靡一时的维尼小熊贴纸，我将小熊贴在她的左手手背上，将蜂蜜罐贴在我的右手手背上。我们的手背与手背贴在一起，这样维尼小熊就吃到了蜂蜜。小莹的手是胖的，是白净的，不像我们男孩，一搓便可成丸。刹那间，我自惭形秽了。我对小莹囡囡说，小莹，你等着我，我去把手洗一洗。我用肥皂搓了好几遍，搓得香喷喷的，要小莹闻。小莹闭上了眼睛，告诉我：

那是橘子味在飘散。我的手上冒着水汽，水汽以后就会变成云朵。

我们跑到小学看学生做体操。那个钟点，小学的孩子仍旧被困在学校里。他们在操场上追逐打闹，跌倒了也不哭闹。勇气好像是一种随着长大就会自然而然获得的东西。我告诉小莹囡囡，以后我们也会上学校。小学有很多个班，我们便不一定能分到一起做同学了。小莹惺惺作态地抹着泪，说："你不要再说了，我都快要哭了。"一会儿，这种悲伤表演许是把自己也骗了过去，竟然当真呜呜了两声。

我们放学以后，就是这样，由爷爷骑着三轮车将我们驮回来。那几年，天天如此。爷爷不知道什么是疲累，好像有耗不完的力气。但岁月匆匆，现在爷爷腿脚有时麻痹，腰脊也会刺痛。他痛病发作时，红着脸，也喜欢咬紧牙，倒抽冷气。他会说，不要紧，没什么，我在纸片上清楚地记下了，只要喝金刚刺泡制的酒，痛病慢慢便会自己好起来。往后虽有好转，但腿脚始终回不到当年那么灵便了。

还有一件事，是在梦里。梦中的孩子们渐渐长大了，一日相聚，忽然问我：阳阳，你的爷爷怎么不来驮我们回家？我说，我们长大了，爷爷也会变老。爷爷变老以后，力气不好，就驮不动我们了。因为我们已经长大了。

晃来晃去的人

李华是一个蓬头高个的中年男人，浓眉大眼，胡楂如针。他总是下意识地护着自己的雀儿，在村中窄巷间疾疾穿行，拖曳着一根崴来的竹节，即兴在路人面前挥动几下。李华不爱交谈，但喜欢来回地盘问。他盘问你的时候，水汪汪的眼睛总是直勾勾地盯着你的雀儿，若有所思地问："你从哪里来？到哪里去？"因路人总是落单，便惶惶回答道："我从家里来，我到桥北去。"竹鞭向前一指，示意你可以快快通行了。如果路人结伴，或是个练家子，便反将他手中的竹鞭夺来，抽打在他的脊背上。李华的手便改护自己的后背，边跳脚边骂道："大蛆，大蛆，竟敢咬你老子。"边说边向偏僻处退去，眼睛仍旧是水汪汪地向下斜视着。

这样，闹声散去后，道路便清静了。路人将竹鞭向荒草丛中无趣一掷。最后道路有些寂静，便可以重新听见夏天虫子吱吱的叫声。

李华是一个疯子，疯子会像胡狼那样，对着月亮和星星号叫。

李华不那么疯的时候，喜欢双手撑在膝盖上，弓身在沙地里写诗。他常去长宁河下游的沙场里写，如动笔时遇人阻拦或取笑，就会生气地大声呵斥："别动，这字就快屙出来了！"一会儿写罢，张大眼睛瞪着嬉闹的来人。

李华在沙地上写：锄柄的焦点掀开大地的指甲盖，撬出粉状的琐屑。沙场上深褐色的细沙正在金闪闪的阳光下四下飞溅。他用树枝篆刻，写每一个字都费劲极了，有时像忍受了极大的痛苦，缓慢地将那个字铲下来。

镇上的男人说："李华开始写诗了。"说完，总是哂笑一声。

爷爷说："虾蟆（方言，什么）诗呀？这也叫诗的话，明日用我锄头给你铲一首。"

我有时会碰见晃来晃去的李华。他正在小路上东张西望，期盼着过路的人影。

"喂，小鬼。"李华低着头，盯着我的脚尖说，"叫你呢，小鬼，我问你，你从哪里来？"

"我从家里来。"我说，落单的人都这么敷衍他。

"你到哪里去？"

"我到桥北去。"

我静静地等着他手中竹鞭的指令，好快快通行，远离李华的地盘。他身上缠着的那些破烂布条如同一只灰黑色的大拖把，酸腐可闻。没想到竹鞭不动了，我想，我说错了什么？大家都是这么敷衍他的。

"小鬼。"他忽然说，"我正在写诗。我写了一点诗在本子上，你要不要读一读？"

李华有一栋和别人一样的房子，这栋房子是依着长宁河建的，是黄泥房，外面贴满了他捡来的妇科病广告单。广告单花花绿绿，尽是些摆弄姿态的女人，将房子装饰成彩色的，但一到暴雨天便会冲刷得破碎不堪，等天一晴，李华又用糨糊水重新粉刷。房子后面是一蓬荒草，那里垒着两座土馒头。

我装作老实地候在屋外，让他返回屋内慢慢寻找本子。等他一进门墙背后，我撒腿就跑了。

过了几天，我沿着长宁河丰茂的水草一直向后渚公园走去。地面开始逐渐向下倾斜，石头和树木渐渐多了起来。我沿着石子路的右边，顺着公园内的指示标一直向前走。地面很干燥，到处是蹦跶的蚂蚱。就在那棵银杏树底下，我又碰上了李华。我颤颤地扶着树干，半遮挡住身体，心想：这下算是交代在此地了。

他果然看见了我，慢慢地向我走近，甩动着竹鞭呼呼作响，画着十字，说："原来你在这里。本子找了半天，现在我把它随时带在身上。我说，现在我把诗随身藏在裤裰里。"

他抓了抓他的雀儿，一会儿掏出一本软面抄。我也许是他诗集的第一个读者，我也许是他所写东西的唯一读者。我不情愿地随他坐在银杏树底下，用指肚小心地翻动着书角，尽量保持与油腥纸张的距离。李华暂时将他的竹鞭歇放在脚下，用开了天窗的布鞋踩踏其上。本子原先的颜色已不太能辨认，也许是普通蓝色的那种软面抄，现在封面沾染了灰泥，呈深灰色。本子的边角磨损得厉害，呈锯齿形。上面用黑色炭木笔、签字笔、彩色笔写满了密密麻麻的文字。我只晓得那是字，具体是什么字，便认不全了。李华说："这是诗。"我想，什么是诗？诗是什么？一个疯子哪能认识那么多的字呢？也许大家都不了解李华，我隐隐对他有些佩服起来，夜深人静的时候，有时也会暗想，我能像李华那样识得许多字就算不赖了。

密密麻麻的全都是字。所以我总是疑心，李华究竟疯了吗？一个疯子怎么能识那么多字呢？

爷爷镇定自若地说："假的。一定是假的。他只会鬼画符，哪认得什么字？"

李华对我说："给我一支铅笔。我说，最好给我拿点铅笔来。"

我将家中收集的、短得不能再写的铅笔头装在塑料袋中，统统送给了他。我曾经为了写出那样的铅笔头而刻意去写些什么。为了收集那样的铅笔头，我在地面上写了无穷无尽的"蚕"字，因为地面上写字铅芯磨损得更快。我整日蹲在地上，划弄着我的铅笔。父亲欣慰地笑了，说："懂得用功，是好事，不仅现在要用功，将来天天也要这么用功，才是正途。"父亲知道些什么呢，可怜的老父亲。

李华有时候也在花丛下写他的诗，一个灰不溜秋的人蜷缩着腿，团成了一块肥沃的泥土，花就好像嫁接在了他的头顶上。一旦他思考些什么，便痛苦而用力地嚼着自己的衣角，但常常衣角被咬得濡湿，也一无所获。我也想帮他使一股劲，就一同咬着自己的衣角。可是他思考的时间太长了，一动也不动，很快，我无法忍受那样的寂寞，便悄悄地挪动着，离他越来越远，最后撒腿就跑。我真想跑着去告诉所有人，李华的那些诗，是用我的烂笔头写就的。

我细细地辨认着那本如同植物般逐渐生长着的诗集。有时你故意隔一段时间不理睬它，它就趁机生长得越快。我感到自己也因之参与其中，想要找找有没有我所熟悉的"蚕"字。我用手指点着，一个字一个字地辨认过去。李华抖着腿，不耐烦了，他站起来，从我手上兀自夺过诗集，塞进了裤裤，说："我回去了。"他捏了捏雀儿，像是唤醒一样代步工具，之后乘着他的雀儿飞去了后渚村的其他地方。

有时候我会问："李华，你靠什么生活呢？"

李华俯视我一眼，接着把眼神望向远处。大概也许是施舍。我想，如果我碰上李华，我就给他一钵剩饭，再加一勺青菜汤，或者是一些菜梗。这些东西不施舍出去，也是用来喂鸡的。他不做工的话，就得由别人养着。我这么想着，便觉得自己已经施舍过了。

李华挠着自己，从口袋中掏出一些零碎的纸片。他的那本灰色软面抄没写多久，就已经爬满了字迹。接着便在各式各样的纸片上写，甚至是展开铺平的香烟盒。他将纸片杵了杵我的胳膊，递给我说："你看看。"

我接过不规则形状的纸片，仍旧在上面找着"蚕"字。那是我所认得的为数不多的复杂字。想着，假如找到，便可兴奋地指给他看，也算是读懂了些许。一无所获以后，我再用手指一字一顿地找一遍，有些垂头丧气地把纸片归还给他，说："其实我们都看不大懂。"我搔搔头，装作努力的样子又看了几眼，"也许是时机不对，我们都看不大懂。你应该给识字的大人看这些，而不是我们这些孩子。"

李华半晌不说话。只有看不见摸得着的风在吹，风真柔软啊，吹过银杏树，也吹过我们头顶的花，吹皱了湖水。有好一会儿，他嘟嘟哝哝地骂了一句，将纸片仔细地揣进兜里，站起身，捡起脚下的竹鞭，径直往公园大门去了。

"怎么会看不懂呢？"走远以后，他转过头，隔了老远问我一句。

往后，他便不再捉我们这些孩子看他的诗了。我们在街上看见他，喊他的名字。有烂笔头的话就给他一些，不给也没有事。

我很快也对"诗"的事失去了兴致，继续玩起了我的打弹珠游戏。

几周以后，也许是一个月以后，我下午回到家，整理积木时，听见爷爷和父亲的议论。

"嘿。他们就要带走李华了。"爷爷像是谈论一件滑稽的新闻，笑着露出了粉红色的牙肉。

"我总觉得不大好。"父亲皱着眉头，说，"具体是什么规定？就这样带走吗？"

爷爷眼睛一撇，说："喊，书呆子！佳康诊所管吃还管住。"

父亲有些恍然大悟："好极了，好极了。"

李华继续着他晃晃荡荡的日子，只是昼伏夜出，孩子们已经很难再见到他。我攒了一些铅笔头，放在书包里，却几日不得碰面，就草草地投进了他腐坏的木门底下。李华的名气最近越来越坏，人们都很怕他。大人们每每围聚说起李华的事，我们一靠近，他们便挥手驱赶：去去，小孩不要听。但时间长了，也听得一些大概：李华在小道上挥动着竹鞭，逢人便挺立裤裆，他的裤裆中不知塞着什么物什，装点得极为雄壮，待你靠近，便伸手去掏那活儿。有几个女同志吓得不轻，跑路时跌了一跤，长裙撕开，便将裙子撕毁的事情也算在了李华头上。

看来，这事非收拾不可了。镇上的男人们义愤填膺地、略带妒忌地谈论着李华和他的裤裆。

这些男人先是自发地组织了一支队伍，扛着一杆彩旗要将李华"捉拿归案"。但搜了几次，竟像是春游，连李华的影子也没见着，反倒是割了一次野荠菜。痛定思痛后，男人们便闹哄哄地将事情上报到了镇里，申请来了专业的捕捉工具，那是专门对付疯狗的兵器：撩盔和铁叉。这次看上去是势在必得了。

我有些焦急地说："不是这样的。"

父亲问我："那是怎么样？"

我说："那是诗，他写在一本软面抄上，软面抄卷起来，塞进裤子里。"

父亲愣了一会儿，和爷爷大笑起来。

一会儿，爷爷兀自说："佳康诊所管住还管吃。那么多张嘴，还不是得国家掏钱。"

父亲点点头说："真是在天堂里过日子。"

我不说话了。

李华被捕捉的那天，我们都去看了。朝天椒尤为兴奋，在教室里上蹿下蹿，散布着讯息。愿意去看热闹的同学从抽屉里拿出零食，笑嘻嘻地结伴往小河边赶。天色大蓝，云像发丝。河水也在微风静拂下缓缓地淌着。我们问，李华呢，李华呢？找到的人用手粗略一指，目光便围聚在了远处矮小的人影身上。我看见李华盘腿坐在桥墩底下枯死的荆棘丛旁，毛茸茸的头发，也像是一团将死的萎植。围捕他的三个男人膀大腰圆，腆着啤酒肚，穿着长筒靴，扛着捞鱼的撩盔，说着笑话向他靠拢。我心想，李华这下跑不掉了。

我们预备着看那三个男人按部就班地捉住那只静物，也许就像是抬走一块石头或是一垒砖块。不料那静物却趁人松懈，忽地活动起来。他钻过三人的缝隙，猛地扎进河水，游到对岸的开阔处。围捕者"呀"的一呼，嗷嗷大叫起来。三人中一人不识水性，另外两人担心湿掉衣衫，纷纷回到岸边解靴脱衣。孩子们呆呆地吃着手上的零食，没有零食的便吮吸手指。李华上岸后，也隔岸专心地解起裤寮来。我看见他灰色封面的诗集掉在石头上，洇出了一圈的水渍，接着是裤子坠落成圈。他白花花的屁股返着光，在那棵枯干的柳树下甩动着麻绳裤腰带。他甩了几次，将裤腰带一头抛过了枝丫，系住后打了一个死结。但裤腰带实在太长了，或者说，他所选的枝丫实在太矮了，以至于自缢时竟需要曲着腿，像个吊坠一般悬挂其上。李华缩着双腿，沉默地悬挂一会儿，烤鸭一般缓慢地旋转两圈。他转至正面，麻雀小得可怜，近乎没有，男孩们看见了，立刻张狂地大笑起来，好像我们的麻雀有多大似的。一会儿，他静止不动了，我们一言不发地看着，竟有些不耐烦了。王小二说："李华好像想上吊。"小莹说："上吊应该找一把竹凳，之后将椅子踢翻才是。"太阳有些晒，我们渐渐眯起眼睛。李华悬挂一会儿，忍耐不住，曲着的腿便微微点在地面上。我看见大人们沾着水的躯干上岸后一红一白，在太阳的照射下泛着光点，他们跑上去，将李华抱摔在地。李华的上半身叫他们的手和脚结结实实地遮掩住，就不能再看见了。最后，灰色的诗集就随水流飘走了。

　　李华上了车，被送进了佳康诊所。

我听说佳康诊所的大门是铁栅栏，拴着拳头一般粗的锁链。门框上安插着锋利的玻璃碴。诊所的两侧门柱挂着红色条幅：开开心心来，快快乐乐住。竟一点不谈离开的事。那个无所事事的人，晃来晃去的人就这样从长宁街上消失了。父亲告诉我说，李华在里面吃好喝好，也不大写诗了。等他不写那些半扇子诗，人也许就会清醒一些。母亲瞪他一眼，怪他说粗话。父亲端着饭碗，停下筷子，不服气地说，干吗？我又没有说错。彼时，我们正在吃肉。父亲说佳康诊所里要吃肉就吃肉，要喝可乐就喝可乐。

　　我不说话了。

　　对于送走李华，大人们都欢呼，过年一般地脸上挂着微笑。孩子们就振臂跟着一起欢呼。我也不知道欢呼些什么。他送我的奶酪蜡烛是从垃圾堆里捡来的，点燃后烛光如豆，烧了很久，最后蜡油凝固成一个坨坨。我一个旋身将烛油远抛进河里，河面竟不见一点儿波澜。我把手高举着欢呼起来，一个人面对着平静下来的河面，做出高兴极了的样子。

爷爷种洋芋、土豆和马铃薯

爷爷出门种洋芋、土豆和马铃薯。爷爷荷锄，回头对我说："我去种洋芋、土豆和马铃薯了，这个时季不种，到时候我们吃什么？"我听了三四年，方才慢慢知道，土豆就是洋芋，就是马铃薯。就好像爷爷的名字叫陈天法，又叫小伢，又叫作我的爷爷。

扛起锄头，锄柄是实木的，黄胆木做的。

我们的田地就在离家不远的山坡平坦处，走过去只需五六分钟。但我抗拒得很，总是不愿跟着爷爷去地里。夏季草长过膝，茂盛浓密。我小时候见过几次"绳状的动物"，吓得全身冰凉，拔腿逃命。父亲说，在山村里生活，不可以说出那个动物的名字，它极有灵性，听见你唤它，便会吐着红信，悄悄潜在你的身边。

爷爷在一旁咧开了嘴，说：

"什么那个动物？不就是蛇吗？我的锄头，乌梢子也能敲死几条。"

我怕了。我的脊背忽的一凉。心想，爷爷好大的胆，竟然犯禁，直呼那个动物的名讳。往后他去地里，我便不大敢去了。每每想起当时的场景，我仍旧能吓得汗毛倒竖，疑心那个绳状的动物此时正潜伏在围墙上，冷静地探出脑袋，偷听爷爷酒后所言。

所以我不太情愿跟着爷爷去种洋芋。就是偶尔去几次，行走在田埂间时，因为害怕茂盛菜叶的触碰，总是跳着脚走动。后来，我对于"绳状的动物"的恐惧愈来愈深，甚至因此而害怕踏青出游。所以，我不下田，爱宅在家中，是有道理的。并非因为我的懒惰。

说来也怪，一个懒人总见不得另一个懒人偷懒。俗话说：大懒催小懒。大水獭催小水獭。我父亲从不下地，挥起锄头来也是扭扭捏捏的，可一旦见我不随同爷爷种地，便像是浑身长了虱蚤，不耐烦得很，眉头都皱到了脸外。他找我讲道理，说些尊老爱幼的故事，但没有成效，便去游说我的爷爷，说的是以后闹饥荒，我不辨菽麦，连吃的也扒不到。爷爷一听，有些道理，往后种地便稀疏地硬带着我，去了几回。

一般都是傍晚去的。阳光金黄，平原通透一片。爷爷一边挥锄，一边告诉我各种蔬菜的名字。但来回都是那几种蔬菜，不多时便放我自己玩耍了。我找了一小块净地，讨来一柄小锄头，在地里种自己的牵牛花和葫芦娃。牵牛花是深蓝色的，我从小二家牵来一丛，引在角落的竹影底下，为其搭一个藤架。它们爬得很快。隔日来看，日日攀高。但如果几日不下雨，它们虽爬得高，却也十分干瘪皱缩，不耐看了。我也种葫芦娃。我翻找到父亲藏在橱柜里的文玩葫芦，剖了籽，委托爷爷施在地里。而后，我又用胶水将文玩葫芦的葫芦头粘了回去，《鉴宝》栏目也看不出个中门道。施了葫芦籽的土地已冒出了绿苗，但文玩葫芦也已损耗。我想到那只一分为二的文玩葫芦，忽然明白父亲送我到地里晒太阳，也许自有其冥冥的缘由。

葫芦籽也如牵牛花般，需要藤架才能够生长。但这种藤架不过是随地找来的枯竹枝。那些绿苗顺其而上，很快开了花朵。我夜夜期盼着葫芦娃的到来，心想着多一些玩伴与兄弟，也利于对付"绳状动物"的事。我剩下一口午饭，想要留给假想中的葫芦娃兄弟吃。有时实在没吃饱，便亲自扮作葫芦娃，一边尖声尖气地说：感恩施主留下的午饭，我葫芦娃定会保佑你。一边将自己留下的剩饭吃了去。时间愈长，我便与这臆想中的兄弟感情愈发深厚。我时常憋着一肚子的水，跑到坡地上浇灌它。我在独处时念叨它的名字，在夜晚梦见它平平无奇的白色花朵。不多久，花朵如拱，冒出了一个个微微隆起的青绿色果实。再过几日，果实垂在了藤架上，已孕出了另一种生命。

为了喂饱葫芦兄弟，我浇水也频繁了些。再过不久，葫芦长大了，笨重而且呆滞。晒出了点点黄斑，就不那么惹我怜爱了。爷爷凑过来，掂了掂葫芦，笑着问我：

"这么大个！这个能不能吃？"

我忽然察觉到文玩葫芦的牺牲是无意义的。

爷爷仍旧只是种着洋芋、土豆和马铃薯。到了三四月份，土豆生发得很多。碧绿的土豆叶子接连着我们的田地。土豆大丰收了，用竹篾筐子盛，满满当当的，谁也没料到今年土豆种了那么多。

爷爷愣了愣，说："今年洋芋子种多了。"

爷爷也种其他菜蔬：四季豆、朝天椒、花生、番薯。番薯我想是马铃薯的兄弟。番薯叶也可吃，番薯秆子也可吃，番薯根茎也可吃。我实在没想到，还有一种植物，从上到下竟没有一点不可吃的部分。

那些青葫芦后来从藤架上坠伤在地，化作了竹影下的肥料。

爷爷还种枸杞子。

枸杞利尿。爷爷记载在纸条上，塞进空烟盒里。所以自己种枸杞。也不知是哪里牵来的根，竟然抽芽了，竟然开花了，竟然长出了一颗颗的小枸杞。这可是在江南。爷爷以为枸杞可以成树，荫蔽坡上的一亩三分地。枸杞又矮又小，只比辣椒株稍高一点。爷爷把新鲜枸杞吃完了，不是很利尿。爷爷锄掉枸杞。

爷爷种洋芋、土豆和马铃薯。

奶奶煮洋芋、土豆和马铃薯

我家的灶间是土灶台，至今仍然是。那样的土灶台是用砖头搭建的，形状像个四四方方的碉堡。进火处叫烟熏得皴黑，灶面上铺着白色瓷砖，黑白相间，另有一锅拱腹。进火处，脚边滚落着柴火。

奶奶做饭时，我尤爱坐在灶间管火。因平时不得玩火，此时添柴小童也成了一种有趣的职业。柴火是爷爷从山上驮回来的，他花费了力气，因此对那些太阳烘晒后较为松软的木材颇为珍惜，总是想要另捡一些竹片、枝丫来烧。他喜欢将柴垛码得高高的，就在墙头底下，好似另一面墙。我不懂珍惜，将那些褐色树皮、土黄色树芯的木材一根接着一根塞进灶头里。眼睛也不眨一下。爷爷拍腿："臭东西，把我的柴都烧没了。"实则明日他又驮更多的柴回来，仍旧期望我只烧一些竹片、枝丫。柴垛高了，他就舒服了。

那样的柴很经燃。有时我拎着火钳，靠于灶墙睡了一个大觉，柴火还亮着。

奶奶很慈祥："阳阳这么小就知道为我烧灶头。"像是说给别人听的。

奶奶骂爷爷："天法吵吵什么？他喜欢烧木头就让他烧个够。"

但我一根接着一根地塞递，奶奶也会心疼起来，旁敲侧击地说：

"要是火再小一点就好了。火势那么旺，将我的大铁锅也烧出一个洞来。"

温油。之后铁锅一阵滋啦作响。白烟呈圆廓形弥散。锅铲运动，刺啦啦。像是铁链被反复拖动着。我盯住炉灶里的火苗，看它们不安地跃动。等火苗燃尽了，柴火就星星地冒着红色，渐渐覆上了一层灰白。我眯眼假寐，想着晚饭，河虾泡在半碗米醋中，或是想着晚上做游戏的事，有时竟也真暖洋洋地睡着了。

我的祖上是从徽州迁移过来的，因而奶奶做菜保有徽州的风味。我家的菜重油重辣，就是炒青菜，色拉油也较青菜的汤汁更为丰富。荤腥就更不必说了，偶尔做一次红烧肉，末了也要浇一勺猪油。老一辈的人缺了油水，因此等猪油成坛，便不时地挖上一勺，细细体味着。这是爷爷奶奶告诉我的，我想，也许是为了将瘦肉留给我吃而编出的谎。

另外就是吃咸菜了。我与爷爷走在河滩上，他的眼睛总是来来回回地搜寻着，看见了足够大的滩涂石，就咧嘴笑着抱回家。原来是腌咸菜用的。我家咸菜都是腌制的芥菜。芥菜，念作"嘎菜"。村里都这么吃，到处念作"嘎菜""嘎菜"，午后互相都问："中午吃嘎菜了没有？"交谈时空气中"嘎嘎"作响，恍如鸭群。接下来我要说，嘎菜的腌制方法。要明白，我所说的嘎菜其实就是大头芥菜。按照我的方法来腌制嘎菜，一定是顶好吃的。你就放心地随我腌制：嘎菜需去除老叶，将其折成小段。烘晒两天，撒盐反复揉搓，再入坛，反复挤压、撒盐。最后压上爷爷捡来的大块滩涂石。腌制的前几天，这里有一窍门，需要翻动，让盐分均匀。这样一定好吃。但千人千手，也得看厨师的天分。

每每制作咸菜，院子里都飘着荡着清酸的气味。有时浓重，有时淡薄。淡薄的时候，像一种青草的香气，竟然也很好闻。

红烧肉的做法，我不甚了解。我爱吃红烧肉，但总是回避看见生肉。每逢年节，家中在堂前杀年猪，我都躲得远远的。那时候，围观的人往往挂着残忍而快意的笑容。家猪一声嗷叫，人群发出"嗡"的一声叹息，他们刽子手的快乐就成了。子曰：君子要远离厨房，因为那里到处是残酷。大致是这个意思。后来，我饲养了两年的一只大黑兔跑丢了。我躲在房间里哭了几回。晚上吃饭，又是红烧肉。我就无端怀疑起这肉是我的大黑兔变的，"哇"的一声，在饭桌上哭起来。爷爷和父亲都笑着，父亲将我抱到一旁的靠椅上，安慰我说："吃饭的时候怎么能哭呢？何况兔肉哪有猪肉这么松软？兔肉要滚腌菜才好吃，红烧不好吃。俗话说，兔子放个屁，放到腌菜里，滚起来都是香的……"

滚，就是煮。

暖锅又是另一说了。那时，几只常用的薄皮铝锅，竟约定好一般，都缺损了耳朵。铝锅放在燃旺的烽炉子上，便可滚一切了。滚，就是煮，和火锅类似。暖锅可煮万物食材。隆冬时节，大家缩手缩脚，临近饭点，就说："用烽炉子滚点什么吧。"常常是青菜滚了豆腐，萝卜滚了肉圆。围着一盏烽炉子，四周摆上五大碗怎么也吃不完的咸笋，即袁枚所说的"目菜"，乍一看，自觉丰盛。筷子所向主要还是那只薄皮铝锅。爷爷一边吃，嘴里一边"呜呜"地叫着，这是烫到了，嘴唇也急急地翻动，以咽下去。

烽炉子冒着水汽和白烟。

烽炉子的菜面上，涌着泡儿。气泡破了，接连都是啵啵声。

心急吃不了热豆腐，可滚菜吃的就是热烫的豆腐，我们嗷呜嗷呜地吸着凉气。或者是滚咸菜、郎几蕨。郎几蕨听着像是人名，实则是蕨菜的别称。在懵懂时期，我反复地写过故乡辽阔的土地与点缀着的绿色野菜，我在本子上写"郎几蕨"。老师纠正我说："郎几蕨是它的小名，应该称之蕨菜。"吾爱吾师，但吾更爱郎几蕻之名。如若执意改为蕨菜，这篇作文我就写不下去了。因为蕨菜听上去真让人感到陌生啊。我的奶奶，多少次温柔地说：今天我们就吃郎几蕻。任凭世界都说蕨菜就是郎几蕻，我也装作不知道。我这人是很犟的。这种野菜清明时节生发得很多，到六月就败了，不好找了。奶奶揣着竹篮，去阴凉处信步逛上几圈，郎几蕻喜阴冷潮湿，竹篮差不多就盛满了。这种野菜蹿得极快，顶部似是垂吊着一颗绣球。过高的不能吃，过矮的颜色发青，也不能吃。奶奶只取用一指长短的郎几蕻。装满了，与雪菜、鲜笋一起放进铝锅中。吃爽足了，畅快了。大家摸着肚皮，都说：今日吃畅了。

想起那些野菜，也必会想起爷爷的种植，与院子里不规则生长着的蔬菜。有揶揄的玩笑，说乡下农民搬到了城里筒子楼，仍在地砖的缝隙间种上了一棵棵的朝天椒。这话用来形容我家院子里的蔬菜是准确的。只要有泥土，有阳光的地方，都杂植上了好养活的做菜佐料。有时只是一条缝道，也冒出了一株一株的紫苏。紫苏是烹制腥味不可缺少的一样佐料，按汉方说法，紫苏也可入药，叶与籽自有不同的用处。如果缝道更宽阔些，便可以种植葱蒜了。就连那棵桂花树与枣树底下，也围种上了一圈模样敦实的青菜。奶奶经常递给我一把小剪刀，说："去剪些葱来。"或说，"去剪一点紫苏叶。"我便剪上一些，以水冲净，瞬时就下到了锅中。起初，我取葱用蛮力，常常将它连根拔起，奶奶见我送来的葱多有根须，有些惋惜，后来我才知道，取葱留根，葱是会自生的，就像韭菜。

这样的种植虽不规整，但凌乱却越显出其实用性了。

紫苏是墨绿色与紫色相间，像花一样。

我们坐在堂前。这个五月份，土豆极多，多到令人害怕。爷爷用竹筐装回后，就随意斗堆在屋檐墙角下，弃置一般。偶尔伙伴来玩，我们捡起几个拇指大小的洋芋，互相当作石子丢来丢去，那种小洋芋软软的，砸到脑袋上也不太痛。小土豆袖珍，小得可爱。这样的小土豆在五月到处都是，有时我们走着走着，鞋底忽然一软，便知道是踩着土豆了。我们将无心踩扁了的土豆捡起来，朝着栽种蔬菜的地方掼过去，充作肥料。做土豆饼，需用到的也是这样的小土豆。因大土豆个头太大，难以敲扁，纵使敲扁，也比盘大，那就不是土豆饼，是印度飞饼了。

末了，还是回到煮洋芋子。我和奶奶坐在堂前，她将焯水后松软的洋芋子装在竹篾里，一个一个敲成了饼。我就搬来一把小板凳，坐在一旁。不时地，我也从那竹篾中捡一两个焯水后的小洋芋吃。那样的洋芋不用剥皮，嘴唇轻轻一抿就能将皮抹去。或是撒一点盐巴，就有了土豆泥的滋味。如果是做土豆饼，就是将其敲扁后去皮，两边煎至金黄。

奶奶敲着，敲着。洋芋子却越来越多，如韭菜一般，眼见吃不完了。奶奶恼了，皱起眉头，放下敲器，说上一句："我的天法真是拎不清！"说完，又捡起敲器砸土豆来。爷爷"喔"

的一声叫，笑嘻嘻的，像是被人打了软软一拳。"喔，我的小臭狗。那么，我不种洋芋子了，我种土豆，我种马铃薯。"爷爷骂爱的人都是用"小臭狗"。除却对我父亲的昵称。

先锋美食家

有一天，锅"嘭"地爆炸了。原来是母亲在煮玉米。

还有一天，黑烟螺旋着蹿出窗外，在天空中缓慢地形成一朵皱黑的蘑菇云。我正在厂区里与伙伴做游戏，急匆匆赶回去看，原来是母亲在煮河虾饼。

母亲脖子上挂着沾满黑色油渍的围裙，神情复杂地看着我，托着一只盘子走出厨房。那只盘子上安然端放着的，是一张奄奄一息的河虾饼。

河虾饼气若游丝地说："救我……或给我一个痛快。"

母亲介绍说：这是河虾饼。

母亲也知道，这样焦乎乎的东西不大好辨认。煳味袭人，我将脸凑过去，把那劳什子看了个仔细。原是用玉米粉揉作面团，再将四两小拇指大小的河虾整只嵌入其中。虾中有须，有刺，有壳。一股脑的，与那金黄的玉米面团合二为一，统筹规划了。这之后，再放入饼铛中双面抹油煎烤。我说："饼铛。那个字念'撑'。"母亲说："电饼当！"有时候也念作"电饼 Duang"。电饼铛"Duang"一下，河虾饼就出炉了。黑烟也旋风一般地升上天空，郁积在半空中，后来化为了一场午后雷阵雨，浇在那些诋毁母亲厨艺的村人头上。

我摸出手表一看，已经是五点钟，到了吃晚饭的时间了。我需将眼前的河虾饼吃掉。我要开始吃河虾饼了。我真的要吃它了。我坐在桌边，清清嗓子，扯下一块，放进嘴里，虾刺戳着我的舌头和天花板，虾须如同化纤丝一般，在口腔中翻卷，好像有许多虾兵蟹将举着刀枪在我嘴里打闹。我看向母亲。母亲像是等待着严师审判的另一个孩子那样，期待我说一句："好，好吃极了。"

"你应该多吃一点虾。虾是补脑的。虾壳也是好东西，可以补充磷与钙。"

"另外，你也应该多吃一点玉米饼。玉米算得上是粗粮。多吃粗粮利于你的肠胃。"母亲正色说，"你知道吗？桥北的某某某，因为久吃细粮，肠胃坏得很快，谁也没有想到会有这种事发生。"

这是母亲在阐释她的创作主旨。

"我想，河虾是鲜脆的，玉米饼则很软糯。这样吃在嘴里，就会脆软相交，趣味跌宕。"

这是母亲在阐释她的构思过程：她是如何将两样毫不相关

的材料糅合在一起的。

先锋的厨艺试验再一次失败了。

在我很小的时候，母亲便爱在厨艺上作些实验。她生性天真烂漫，率真如童，总有些天马行空的想法。母亲九岁时坐在太外公的自行车后座，去镇上理发店烫了邓丽君样式的卷发，到了十三岁，就开始涂抹一些现代诗歌了。母亲的心性，生育我后仍然像孩子。一日上午，她去杭州办事，返家后便急急地召集与我同龄的孩子到家，兴致勃勃地要做薯条给我们吃。那也许是她第一次在杭州大厦附近吃到了麦当劳薯条，金黄而又脆糯的薯条蘸上鲜红的番茄酱，母亲瞪大了眼睛细细地抿着。薯条像是点燃了这位天才厨娘头脑中的焰火，她乘车从杭州来，一路上便念叨着"薯条"的名字。小莹问，阿娘，什么是薯条呀？我的母亲得意极了，说，你们等着看吧，就让我来告诉你们，什么是薯条。天才的厨娘得意极了。

她从墙角的土豆堆里翻找出几个品质优良的大个头，奶奶忧心忡忡地看着她系上围裙，洗切起来。母亲将大土豆切成拇指粗细，锅中温起了色拉油。正到制作的关键时刻，母亲忽然以脚合门，阻隔了孩子们翘首期盼的目光，机密地在其间忙碌起来。我仿佛看见母亲在厨房为自己的天分而暗自窃笑不已。我们听见菜刀将土豆条赶入油锅的剐蹭声，色拉油沸物嗞嗞作响，我们兴奋地原地跳着，拍着手。我们闻见了色拉油圆润的香气，欢呼着：薯条！薯条！

不久货就送到了。母亲以脚抵门，厨房的门"吱呀"一声，母亲端着一只盆子，盛放着高高隆起的土豆，另一手拿着刚从杂货铺购得的番茄沙司。奶奶嘴角向两边扯去，挤出一丝微笑，悄悄进到厨房将色拉油舀到壶中备用。孩子们只顾跟着土豆的香气，涌到堂前客厅。

母亲将盆子放置桌上，要我们排排端正坐好。我们一丝不苟地坐着。她用筷子夹起薯条，分发至我们手中，她教导我们要以番茄酱做辅料，蘸于薯条的尖顶。盆中的薯条粗细不一，有的已炸至焦黑，有的却因粗如中指，中间仍是夹生的。况且，正宗薯条根本不是这样的做法。我们皱着眉头，用力地咬着口中的土豆条。奶奶踮起脚远远地看着，微微笑着。

母亲立于一旁，只招呼我们吃，自己却并不动嘴。我们相互交换着眼神，吃了几根，小莹说：

"阿娘，这就是薯条吗？"

母亲说："这不是薯条的话，还有什么是薯条呢？"

薯条上的色拉油顺着我们的食指与拇指淌下来，我们的手心里便多是油腥。

小二在衣服上抹了抹手，呆呆地说："好像不大好吃。"

母亲笑起来，说："小二，你是因为吃不惯洋快餐。"

小二就不争辩了。他虽觉得薯条不好吃，却爱吃番茄酱，他不时地用短短的一截炸土豆蘸取番茄酱，放进嘴里慢慢嗞着。他蘸取了许多番茄酱，手中的土豆条仍不见变短。

到了晚上，母亲一边忙着手头的事，一边仍旧不时地嘟哝一句："小二真滑稽，吃不惯洋快餐，却来说我的薯条不好吃。"

后来，镇上兴起了乐事薯片。为了复刻薯片，母亲又召集了我们一次。这次听说没有番茄酱做辅料，且主料又是土豆切块，来的人便少了些，小二也不来了。奶奶有些忧心地叫了几次母亲的名字，但最终没有说些什么。母亲一脚关门，孩子们仍只听见菜刀迟钝的声响。一会儿，花生油沸物"嗞啦"作响。经过上次的失利，母亲已经意识到问题出在色拉油身上。母亲说，色拉油不宜煎炸，这真是我的失误。为此她特备了一小壶花生油。厨房安静，我们在门外窃窃低语。出锅后，母亲口里喊着："好了！薯片好了！"一会儿端着盆与堆叠的土豆片，走到客厅。我们慢吞吞地跟过去，眼看着那些土豆片如深褐色的树根般枯槁，相互都不发一言，不安局促之感弥漫着我们。小莹说：

"阿娘，这就是薯片吗？"

母亲高兴地说："还不算是。"她从围裙袋中掏出一小包十三香，或浓或淡地撒上一些，说：

"现在是货真价实的薯片了。"

这太粗糙，太吓人了。我们一时不敢取用，围聚并观望着。这些货真价实的土豆片与膨化包装袋中的薯片相去甚远，盆中的土豆片昏黑不一，布着些深褐色的筋脉，模样近乎恐怖。见我们不动，一旁监工的母亲忽地鼓起勇气，取了一片，抖了抖其上鲜红色的十三香粉料，放进嘴里。她咬了一口，粉料便喷薄出来。她闭着眼睛，嘴中嘶嘶地，只顾与我们打手语，一会儿竖起大拇指左摇右晃，一会儿指指盆中富余的货真价实的薯片。我们便都取了一片，在盆沿敲掉多余的粉料。盐、盐、盐。世界上好像只剩下了盐这一种东西。我们吃这一片货真价实的薯片，好像是为了补充盐分似的。小莹哭起来，眼泪浸透了她红嘟嘟的脸庞。她左手的食指与拇指还夹举着那片沾满辣椒粉料的货真价实的薯片，像是列举一项邪恶的罪证。

往后，母亲再想要召集我们这些懵懂孩童来做她的食客，就难了。她另做了一些稀奇古怪的尝试，最后都落入了我的腹口。过了几年，我买了《随园食单》《山家清供》给母亲读。母亲面露喜色地读着。每有所得，欣然与我谈论，指着《随园食单》上的"炸鳗"篇与我说："没想到古时便有炸鳗的？也没想到，苍耳的叶子也可以吃。外婆家的荒地里到处都是苍耳，叶子腐烂也没有人采摘。"我心中暗感不妙。

母亲每每谈起书中篇目，总是轻蔑地说："哼，袁枚花头精十足。连洗刷碗筷也编出一套方法。况且，书中写到的'猪蹄四法'，我早就是这么做的，你已经吃过好几回了。'猪头二法'谁不知道呢？不过是多放些八角。"袁枚书中多讲"鲜嫩"。母亲会错了意，往后便总是做些半生不熟的饭菜，连母鸡也只吃七分熟，谓之"再炒就老了"。

包子：麦筋五花八门地拧巴在一起，其上的花纹各个不重样。但经过我母亲之手的包子，总是类似于某个魔鬼怨怒哀号时攥紧的双手。包子的褶子像是珊瑚一样盘虬而坚硬，部分皮面薄软处，透露出其中墨绿的菜色。这像是从海底深处发掘出的包子，外表的怪异仅仅是令人感到恐惧的显性部分。内里或许才是其精华所在。比如，你以为墨绿的菜色，总该来自油麦菜或是观音菜，却没想到其中包裹着的是墨绿的海胆汁、豆腐乳。这不是黑暗料理，而是等一个人来欣然接受其特别的口感。

玉米：每当他们念诵，我便从镜中看见自己可憎的面貌。我一半仍然葆有青春的金黄色，另一半却毫无疑虑地向你们展示地狱的实景——经过焚烧和炙烤后，是焦黑、是破损、是遭受迫害后形成的深邃的孔洞。我的根须弯曲地缠绕着，共同贯穿于黑色及金黄地带。如同一张缓缓展开的树叶与其上安然有序布置着的树叶脉络。当它经历两种不同的色彩和质地，就好像是经历四季的模样，当我面对镜中，寒冬与酷夏是一根玉米的两面，而肃杀的秋天和温润的春天则在其间悄然作以过渡。一位先锋的厨子在一根玉米上，用她的厨艺烹饪出四季的理想状态。她想在玉米上摹刻出人世间，四季更迭的真实面貌，告诉你们：不要怕，也不要念诵什么。

但丁：……现在你们面临最后的考验，你们将以爱意充作食欲，以奉献的愉悦替代忍受，去品尝这位女士的包子与玉米。我曾经惩罚所有犯贪吃罪的人，到阳阳家吃她母亲所做的包子。稍后，我明白过来：忍耐是一种博大的爱意。它像海一样静谧无言，所有汹涌的海浪最终都仅以压抑的姿态在夜晚柔软地起伏。

世人仅仅知道先锋艺术家夸张而狂妄的举动，而不知那些先锋艺术家都与你母亲的天赋相去甚远。先锋艺术家刻意地破坏什么，从来摸不着自然而然瓦解材料的渠道。他们的胆子相较之下，都显得微小如沙。他们是你母亲的附庸，是你母亲身上微不足道的汗液和可怜的脚毛。

长宁街

　　我父亲做梦时，时常回到长宁街上。每次我们一起走在长宁街，父亲就说，某天前，我又在梦中回到这里，梦中的长宁街还是十五六岁时的样子。现在，这里，那里，都大变样了。

　　每次来看，长宁街日日都有变化。长宁街从於潜南站起始，到我家门前作结。到我家门前之后，就汇入了另一条宽阔的公路，不再是行人往来的长宁街，而是专供多轮货车通行浙皖的浮玉路了。

　　浮玉路上行人少，只有飞驰的车轮与鸣笛声，连地面也是轰隆隆的。因此这条路功利性极强，冷冰冰的，缺少人情味。

　　我和父亲一样，都是在长宁街上长大的。街上好吃与好玩的不算少。吃的由散户沿街叫卖，都是一些没有营业执照的流动摊位，油不知是什么油，肉也不知是什么肉，但我吃得很香，吃不了的，就兜回家慢慢吃。街上有卖油灯果的，是将萝卜丝裹上面粉油炸。五毛一个，十分解饿。还有卖烤饼与炸串的。我们这边，临近的藻溪烤饼很有名气，据藻溪人说，他们的烤饼在首都北京都鼎鼎有名。早年藻溪的红代表赶赴北京，怀里就揣着烤饼，要献给毛主席品尝。长宁街离藻溪不算远，所以也卖烤饼。藻溪人制作烤饼用料很足，恨不得每张烤饼里都包上一整只猪；长宁街烤饼人则缺乏远见，干菜与鲜肉馅子用得十分拮据，小家子气，做出的烤饼就不成气候了。

炸串摊都是扎堆儿的，渐渐形成了一个微型的夜市。夜市上挂着半张旧横幅，写着"健康生活五十年"。我们说："今晚去健康生活。"就是去吃炸串。最早是一个歪嘴老太太支起的摊位，她的眼缝狭长，总是眯着，像是蒙有一层眼翳，年复一年地炸了几十年的串。早些年我还看见她，看她大白天就出摊，守在遮阳伞底下打盹，那双黑紫色的、皲裂而粗糙的手，稳当地递我沉甸甸的串串。后来人再老一些，也不做了。她家的腊肠是为一绝，世界上最好吃的油炸腊肠就是她家的。我一次能吃上三四根，我恨不得付她双倍的价钱，好让她知晓自己的腊肠做的是多么得好。每次吃她家的腊肠，我都在心中暗自比较：街上那些卖烤饼的实在不够长进！全世界一起来吃她家的炸腊肠吧。韩国有辣白菜，长宁街有老太太炸腊肠。前几年，一个韩国人碰巧吃了一口老太太炸腊肠，非说老太太祖籍是韩国的。

卖炸串据说也是很发家的行当。坊间传闻，卖炸串的妇女与她的驼背丈夫每年进账三百多万元人民币。女的买了一辆红色法拉利，总停在烧烤摊附近。我去过几次，一次也没见到。又据说，老太太每年也进账三百多万元，替儿子在临安城里置了几栋别墅，还带着宽敞的庭院。儿子什么也不需做，天天翘起脚，抽中华烟。这都是听说的。邻舍的叔叔心思活络，别人听过笑罢，也就罢了，他却动了真情，从建德鸡场运来鸡骨架，坐在货运车上与我们挥手致意，第二天，就端来了油炸好的鸡骨架，要我们品尝。未谙姑食性，先遣小朋友尝。我就是小朋友。那鸡骨架肉少骨多，且坚韧难嚼。但因是免费的，我们都争着来吃，都大呼好吃好吃。邻居叔叔眼睛放着光，隔天就在小学门口占了一个摊位。摊位旺了几日，但都吃过头回，没有二回客，渐渐冷落了。最终还是不发财。

长宁街上，来往的路人操着各种口音，说话惯于叫喊，像是隔着很远。但口音主要是三种，於潜话、昌北话、普通话。说普通话是最有地位的。其次是於潜话，最次是昌北话。因於潜曾留住了许多杭州的下放知青，他们说起普通话来，好像这门语言是一件光宗耀祖的本事。我是於潜人，昌北话我不喜欢，因其语速极快，我听着像是火星的语言，所以它排最末位。我小时候看见操着三种语言的人围聚在一起，谈论这个，谈论那个，听力考试般，互相之间竟也都听得明白。他们扎堆儿在一起，谈论游戏。他们年轻的时候，染着橘黄色头发的女孩慵懒地靠在电动车上，三四个男人围聚着她，双手或叉于腰间，或交于胸前，他们谈论某个游戏场景。女孩只是笑、笑、笑。十多年过去了，我再去长宁街，他们依然扎堆儿地谈论。女孩依然斜靠在皮质破损、露出了黄色棉花内质的电瓶车座椅上，只是身体发福，变得浑圆了。男人们依然讲解游戏场面，只是换了游戏种类，多了脏话，或是换了发型。因为他们已经开始谢顶了。头发不再像从前那样郁葱。过不多时，他们也需要去美发店排队焗油，来遮掩白发。美发店最有意思。长宁街的美发店都爱宰客，脸上还是笑盈盈的，让你不好发作。仅有两家稍讲良心。一家店没有招牌，仅仅用不干胶在门窗上歪歪扭扭地贴着："欢欢迎迎"四个大字，门一合上，就成了"欢迎欢迎"。另一家店的招牌是"理发店"的油漆字。不算那么燥热的午后，你走上街去，总能看到半谢顶的中年男女盘踞在理发店门口。头上缠着保鲜膜。像是一个个叙利亚人。他们就是来排队焗油的。他们的表情多数萎靡，鲜有刚愎的神色。人一旦开始谢顶，脾气也犟不起来了。

在街上，每逢年节，总有甩炮买。甩炮是将碎小的火石装在油性纸中，拧成蝌蚪状，掼在地上，就"啪"的一声。最早是五毛钱一包，二十粒的"小叮当"，但"小叮当"不大响。一块钱的"大红鹰"就响得多了。我总是多买一些，回到家中，趁人不注意，便往鸡窝里哔上几个。这种哔炮是有火药的，威力骇人，现在严控火药，作为孩子的玩具，不容易买到了。那时候，我们总要凭借着哔炮来证明自己的勇敢。我们将哔炮插在杆子上燃放，举着杆子，连眼睛也不眨一下。还有一种放法，只有朝天椒敢。他将燃着的炮仗踩在脚底。但他的鞋底坏得很快，也不总是这样玩。一次，我路过田埂，往水缸里丢了一枚炮仗，缸体一声闷响，崩出裂纹。我赶忙跑回家。惴惴不安了几天，再回去看时，水缸已经匝上了几圈钢丝作修补。

就这样，我用哔炮损害了许多物件。安静的长宁河水，也承受、包容了我的许多炮仗。

这里到了初春和秋天，地上都是落叶。

密密地种了梧桐树。

到了秋天，梧桐树的枝丫都被裁了，光秃秃的，以备过冬。橘子树倒丰盈起来了。长宁中学那边就有一棵两米高的橘子树，枝叶散得很阔。我与其他孩子溜进学校，操起竹竿就打橘子。树下是学校铺置的草地，橘子掉在其上，一点也不怕砸损。长宁中学管教严格，一般人不让进入。可惜，那时我们年纪小，岗亭是全封闭的，只在保安门房处开一小窗。这种岗亭只可防大人，不防小孩子。我、小二、朝天椒、小莹，矮着身子就进去了，保安全然不知晓。他们笨得很。

到了秋天，马王钉铁匠铺也忙起来了。连着那些木匠店一同忙起来了。但铁匠铺之忙，非是做马王钉。而是忙着打制采摘山核桃的铁具。昌北的山上多有山核桃，采摘需上树，为了安全，就有了特制的铁具。於潜虽没有山核桃树，但许多於潜人到了昌北做女婿，在采摘的时节，都是需做免费长工的。於潜许多七尺男儿，都被婚姻变成了采摘机器，做了昌北人可怜的长工。山核桃采摘时间多是白露以后。铁匠铺有两家，紧紧挨着，也许是谁也不嫌弃谁吵闹。天稍转凉，铁匠铺就乒乒乓乓的。我家用的火钳、剪子，都是铁匠铺里买的。木匠店则是爱赶热闹，在秋季忙活得一地茸茸木屑，箍扎一些火桶，预备过冬用。他们将制作好的火桶吊在卷闸门外，充当招牌。

还有老人。一些老人是本来就有的，一些老人是年轻人变的。年轻人变作的老人，初时很不服气，仍要做出活力十足的样子，吹胡子盯着来往的年轻行人。更老的老人则恢恢不响，坐在竹靠椅上就是一个下午，像是一只晒着太阳的老龟，富有安静的耐力。这些老人所住的房子也很古旧。有些是泥墙，有些是吱嘎作响的木板房。木板房连着木板房，木材因经年而显出一种静穆的黑色。这些木板房与泥墙房，这几年已拆得差不多了。只剩下寥寥数间。我总记得那些房子窄小的门前，孤单种着几株鲜红的凤仙花。

这次再和父亲走过长宁街，街上多了装饰富丽的健身馆。我们一齐抬头看它四层的楼房，好家伙，四层楼。我想，长宁街上现在竟有四层的楼房了。在以前，这里是一片荒芜的肥料厂，因是公家的土地，无人看管，几个传教士就在肥料厂里头开辟了一座天主教堂。我多次想走进那片荒芜的肥料厂探一探，去看看那里葱葱郁郁的松柏，也去看看那座松柏掩映下的泥墙教堂。但我胆子极小，十几年来，也许更久，我一次也未踏足那幽深之地。这下忽然变成健身馆，我就再也无法涉足了。父亲的记忆较我更为古旧，说，这里是肥料厂，也曾是公社。

我问父亲，父亲说："哪有教堂？"想了好一会儿，说："对了，是曾有一个天主教堂。矮得很，小得很。"长宁街变得太快了，好像什么都是新建的好。一些事情与过往经历，恍恍惚惚。我们也分辨不清了，长宁街曾有过什么。

6297

夏天傍晚四五点钟，暑气半消的时候，甜酒酿总是会来。

卖甜酒酿的年轻男人最早是骑着老式凤凰车来的，这车我爷爷也有一辆。年轻男人在车后座用细麻绳固定住两只装满米白色珍珠酒糟的大铅桶，车把上用铁丝箍着一只高音喇叭，播放着带有苏北口音的"甜酒酿，甜酒酿。"听上去像是"碘酒酿，碘酒酿。"那只喇叭的声响很大，最末电流"滋"的一声，刀划过玻璃般，继而复始。我们老远听见后，就赶到街边，翘首等他。讲定是一块钱一杯，也可以自带稍大的搪瓷杯，假如不带杯，年轻的男人就取出一只小小的纸杯装与你。拿海碗待装的事，只有老太太干得出，我奶奶也干过几次。后来再讲定，如果容器过大，便只给半碗。

奶奶抖了抖碗，细细看了一眼。半碗的分量也不少了。

甜酒糟很白亮，有瓷器的光泽，米粒是颗颗分明的，微酸稍甜。冰凉的，会吃上瘾。

我的父亲也吃。自带一只部队绿漆杯和瓷勺，站在路边趁凉大口嚼着。将杯底吃干净了，就与男人聊天。男人应答着，把自行车靠在墙边的屋檐底下，用搭在脖颈间的红毛巾擦汗，囫囵地擦一擦短短的平头，稍歇一会儿。他胸前洇湿了一块，白汗衫透露出深褐色的如泥土的肌肤。

他也有昵称，但我记不清了。只是长得真像影星梁朝伟，我们就姑且叫他小帅。

小帅来了几回，告诉我们，下次他再来，喇叭就不放吆喝声了，因为吆喝声总是带有电流"滋滋"作响，吵得他耳朵疼。所以，从那往后，改放《兰花草》。可镇上的洒水车来来去去，放的也是《兰花草》。有时日头正晒，我们听见《兰花草》，兴冲冲地赶出去几回，发现只是洒水车经过，便有些不快。傍晚，天气凉了，小帅来了，笑着与我们说奇闻：刚才他在桥北那边，一下子卖了十杯甜酒糟！那个人用小小的一次性杯斗量，喝了一杯又一杯，最后付给他一张整十块钱的钞票。他从裤袋中掏出钞票，向我们一一展示。我们几个桥南孩子围着他，昂头看那绿花花的钞票，手上还拿着空落落的大碗与搪瓷杯等待着分发。便觉得小帅在讥笑我们的拮据。令人气恼，又有些自惭。我们端着装满后沉甸甸的搪瓷杯，私下里不满地说，小帅变了，他这是看不起我们桥南人。他赚多了钱，便不认识朋友了。小帅也许不明白我们的怨气来自何处，我们也不太明白。他只是讨好地用铁勺压实我们搪瓷杯中的甜酒酿，为了多盛一些。但我们不领情，他给的糟多一些，回头我们就说，一点甜酒也不给。小帅是糟马上馊了，所以给得多。假如给酒多一些，回头我们就说，这一整碗，一粒米也没有，小帅的糟就那么金贵吗？

我想，小帅夜晚也许会躲在被窝里骂道：妈的，这批桥南的泥腿子，真难伺候！

小帅再来了几回，便不来了，我们有些高兴，这下总算没人从我们的口袋里日日趁钱了。但也有些期盼他骑着车，忽然出现在长宁街上。哪怕是不卖甜酒酿了，也该独独骑着自行车，和我们告别一声。我们相互问，那个卖甜酒酿的呢？那个卖甜酒酿的呢？父亲说，你们啊，真是闲，别人好好卖他的甜酒酿，你们怪他趁得多，等不来了，又盼着尝那点甜头，你们啊，真是闲。后来打听出来了，小帅是积累够了原始资本，买了一辆二手的大众车，到安徽宣城倒卖火炮去了。那是一项更发财的生意。这个苏北人，父亲说：妈的。

这真让人妒忌。就为了那些甜酒酿，我们桥南人竟为小帅"众筹"出了一部汽车。

父亲不高兴了一阵子。买车子。想买车子。买车子。父亲像是孕育了一个秘密，总是在不经意时漏出一声微笑，如果笑时恰巧叫我碰见，就问我："买个达达——呜，好不好？"

"达达"是模拟汽车鸣笛，"呜"是形容车开得快极了。

我们等待着父亲的许诺，6297 就是这样到我们家的。父亲坐在驾驶位，说：

"喂，小把戏，走，上来，坐达达——呜。关门轻一点，你们这两个小把戏。"

其时是另一个六月的黄昏。大概时隔一年之后。我和长我三岁的堂哥一起钻进后座。那时我正在学习说粗话，心想：真他娘的气派啊！车坐垫是乳黄色的。我用力地呼吸着车里的橡胶气味。父亲驱车到了一个无人的田埂路。泥路晒了一天，很坚硬，偶有石块。路的两侧，小草如星。父亲缓慢地开着6297，要我们放下车窗，欣赏着道路两侧的美景。

我们停在了田埂路的尽头。前面不再有路了，这里也是后渚村的尽头，再下去是斜坡、滩涂和宽阔的长宁河。父亲拉妥手制动，要我们下车，就在这里四处看看。

稍远处，一些茄子蔫巴巴的。原本绿色的植秆褐黄枯萎着。

父亲看着河面，抽烟问我：

"坐达达呜，觉得怎么样？"

我和堂哥滑着步子下了滩涂，捡了一些石子。不多时暮云四沉，月亮明了起来。我捡了一颗大如鸡卵的红色石头，藏在口袋里。离去时道路狭窄，不得调转车头。父亲小心翼翼地伸长脖颈，低头看着田埂路，一点一点将车挪移至阔路。堂哥因为无聊，打开了后座的顶灯，对着车窗龇牙咧嘴。他朝着玻璃上哈气，用手指在雾气上画出眼睛、嘴唇。这隐隐让我有些不快。堂哥摆弄着电动窗户的按钮，终于，我喝止了他。他吓得一抖，不敢再乱动。双手学我一般，安然地放在腿的两侧。

父亲计算好了来去时的油钿，他在加油站加了二十块钱的90号汽油，正好从临安往返后渚村。余下的油，去了一趟长宁河边作郊游，把汽油用得干干净净，还回了租车行。原来6297不是我们家的。原来，那不是我们家的达达呜。

父亲言语寡了。我也不大高兴，觉得受到了蒙蔽，因而有些空落。夜晚，我枕在温热的草席上，心中想着6297的样子。6297的车头很长、很阔，也很圆润扁平，没有棱角。6297是黑色的。在晚上，夜彻底变黑的时候，6297也许就与夜色融为一体了。我想，6297也许也在想我，它从没有遇到过像我这样优雅讲理的乘客。我想，6297会说话吗？我闭上眼睛，伸出手，假装在空荡荡的空气中触及它坚硬的躯壳。

隔了几天，再见到6297时，父亲好像又快乐了一阵。父亲坐在车里，说："走，去坐达达呜。"这次的乘客只我一个。我在后座皮椅上躺下，由着6297运我去其他地方。我盯着车后座灭了的顶灯，身体随车簸一起，微微滚动。父亲问我："你把鞋脱掉没有？皮座椅，不可以直接踩上去，更何况，你又是个泥腿子。"6297这次带我们去了杨玲乡镇府，妈妈平时就在乡镇府里，一边写诗，一边处理工作。她得意极了，以为自己掌握权力，其实没有。后来没多久就辞职创业。她那时写诗，在乡政府里。妈妈也坐上了6297。她坐在副驾驶座，熟悉地将遮阳板放下，掀开其上的镜子拨弄头发。妈妈的头发是橘黄色的，妈妈的头发刚刚烫完，尾部很卷，美杜莎一样。妈妈说："又是桑塔纳2000型。"父亲说："对。你没看出来吗？就是上次那一部车。"妈妈说的是方言，"型"念作"鹰"。又是那一部2000鹰。6297带我们去竹寮那边。路上有几只黄狗围聚过来，张狂地吠叫着。这是白泥路，父亲说，再过去就是杨桥头。杨桥头再过去，就是你外婆家。我外婆家在金酋村，金酋，据说是封建时代，皇帝错斩一功臣脑袋，懊悔不及，下令用纯金铸首以示忏悔。父亲说："但人死了，再要金酋有什么用呢？"父亲一按喇叭，6297像怪兽一样发起脾气来，我的6297，躲在6297的身体里让人觉得暖洋洋的。白泥路后来我再也没有去过。这些黄狗就都夹着尾巴跑远了。

我的舅舅是个大老粗，他羡慕极了，背着手，挠挠短发，看着6297轮胎上的纹路，他的手生有厚厚的茧子，我不大愿意他抚摸6297。父亲计算好了油钿，将6297还回去了。他牵着我的手，我们坐在公交车的最末尾，昏睡了一觉，颠颠簸簸地回到了浮玉路。

6297行驶在夜晚，两旁是新抽出枝丫的梧桐树的影子。也有黄昏的灯光，但道路如此开阔，一直向前。我们在6297里听歌，是阿杜和刀郎的情歌。星探找到我父亲，要他去做歌星，但因家中有了我，父亲不愿脱身，后来就去找了别人。这是妈妈说的，也不知是真是假。换碟时，从隐蔽处如何扣动机关，歌声也就有了变化。父亲做事极有恒心，听歌也是。光碟里的阿杜都唱得乏了，还听齐秦。父亲有时候也唱两句，我笑了一声，他笑骂我说："小东西，你笑什么？"往后就不再唱了。只是一个人时哼唱两句，也很好听。

6297 在夜晚带我们去杨洪村。杨洪村在山弯里，盘虬绕行半小时，再拐上山岭，到了。杨洪村是我奶奶的娘家，奶奶的八个亲兄弟姊妹都住在杨洪村。车窗放下来，奶奶静静地看着车窗外一片，说：笋出了。我闻到村子里有烘笋的香气。穷困时，没有办法。很早以前，奶奶的母亲将我奶奶装进背篓里，赶赴山上挖笋。忽然背篓斜了，将奶奶坠掉在石拓上，一时面色铁青，没有出气。奶奶的妈妈哭了又哭，抚着奶奶的背，只是哭，老天保佑，奶奶缓过了气。现在又到了笋出的时季。毛竹郁郁葺葺，呈天然的绿色雾状。杨洪村又流动着笋干烘晒后的香气。我的叔伯拉来了电线，支起了灯，烘晒时，竹笋剖开放在竹篾上，底下置有炭火。竹笋需要翻动，因此不得安睡。杨洪村的山上也生着许多野茶，每每炒茶的时季，山塞雨雾大作，于是也支起了灯，整夜翻炒。那就是另一种略带苦涩的香味了。但野茶叶柄粗长，卖不得好价钱。忙活很久，也仅得糊口的劳薪。月亮照着来路，我们缓缓回家。6297 开至村口时，还闻得着淡淡的竹笋或是茶叶翻炒的香气。奶奶静静地看着车窗外夜色下，杨洪村的轮廓，说："笋出了。"山石呈龟背形，几处灯火，就是我的叔伯家。

车窗上有黑色的防晒膜，叫镭膜。我撕去了，还以为是塑料纸。其实不是。

还有几场雨打着胜利的旗号，其实也不是。6297 的底盘高，涉水很厉害。它去过最远的地方也许是安徽的几个县市。父亲喜欢往宣城、歙县跑，他怕孤单，我们有时就一起去了。买草猪肉、荸荠，都要去宣城。荸荠还是宣城的好，别处多有腐烂的，或者发黄。偏偏宣城的荸荠不会。宣城的荸荠裹在泥土当中，卖荸荠的老头蹲在地上抽旱烟。我们用麻袋装荸荠，套上两层运回后渚村。老头看了一眼，说："吓，你们从於潜专门过来买荸荠吃？还开着小汽车？"他错把我们当作大户了。父亲操着蹩脚的安庆话与其交谈。荸荠，父亲喜欢用水果刀削了吃，他削荸荠时，刀口面向自己，以大拇指抵着来削，像特种兵削粗木枝。如果削得好，就爽利地吃进口中。如果削不好，皱起眉，嘴里啧啧作响。连续几个削不好，就要开始骂人。荸荠也可以放在火盆中，四面是白炭，围烤着吃。但这样果肉容易沾着灰，吃过总是要洗手，不够惬意。吃火煨荸荠，最好要有两个侍女作陪。左边的削荸荠递予你，右边的用铜盆为你净手。想想就十分过瘾（这是封建思想，只可心中暗忖，不得公开表露出来。）。

宣城的生宣也很好，我家没有画师，所以不怎么买。父亲买过两次，用皮筋扎上，卷在一起放于书架上吃灰，放得纸张脆硬，后来这一卷生宣就不知所终了。

去宣城下辖的宁国市，路途多泥泞。有一回，天气将雨未雨，6297 停在没有人家的小道，我们踩进路边的田畈里东张西望，拔了一根白萝卜。这样的白萝卜很粗实，用绕田的溪水洗净后，吃上去又辣又脆。6297 继续开了，妈妈嘴里嚼着萝卜，含糊不清地称赞："哇！这还是萝卜吗？"我平生第一次吃这么好吃的萝卜。这件事情我记得很清楚，就是发生在去宁国的路上。

萝卜当中才有真知。雨很大，就到了家。

6297 带着我们去森林里，也带着我们去海上。我想象着它是一叶扁舟，而海是无边无际的，帘叶风过时如银铃，初日的光泽穿透它，映照出浅浅的绿色。6297 的两个大灯；6297 的车头狭长而扁，显出木讷的老实人模样。带我们去几千年前的火山石谷：侧边是陡峭的谷壁和翡绿的湖面。湖面是因为映出丘上茂盛错落的山植。6297 是黑色的。再过了一些时代，它落伍了，过绿岛时便不再从容不迫，而是惶然如一只黑色的鼠物。

我们买下它。我也伤害它。我骑脚踏车时在它身上划了一道口子，是用黑色水彩笔悄悄填补的，它也不声张，这是我与6297 的秘密。过了一些时代，街上的汽车越来越多，它顶着我们一家人所赋予的痕迹，灰不溜秋的，像个短发的赧毛小子，越发落伍了。工业时代有了纺锤形的设计，我只觉得它那样木讷而又扁长的前额是丑陋的。父亲在城中街上开飞车，把空调打得低。我在后座，抓紧扶手，说："好了，好了。"他每送我去学校，因要起早，都是睡眼惺忪，带着满肚怨气。有时我的黑米粥也晃出一半。从城中街转弯至钱王街，就是我的学校。6297一头扎进校门，急急地拐弯，在教室门口停下。父亲面有郁气，校长笑着与他打招呼。等纺锤形的车占了市面上的大多数，我就不再乐意6297送我了。它状如鼠貌在城市之间穿梭，送达之后，我从车门滑出，匆忙关上车门，低头疾走进教室。

老了以后，是因为又过了一些时代。人们用看待古董的眼光惊奇地盯着它，导游举着小杆旗，戴着话筒说：现在你们所看到的，就是桑塔纳2000型。可这样的古董，我家怎么还在用呢？几个路过的毛头小子路过时盯着6297的反光镜看了又看，我真想给他们一拳。

6297：不是我老了，是时代有了变化。我路过水杉巷子时，五六辆纺锤形的东西将路停得满满的。水杉巷子很窄，它们冲着我叫。当一条狗闯入别人村庄时，庄里的狗都会冲出来对着它吠、追着它咬。你父亲也因此受了欺辱。还有一次，是一辆高骏的，像坦克一样的车，吉普车，车上的驾驶员戴着金项链，不肯让路。你的父亲用眼神警告他，一再恶狠狠地盯着他，可他不当回事。我和你的父亲说，算了，算了。我的手动挡开不快了，我还见过有许多圈圈的车，有时是两个圈，有时是四个圈，或者八个圈。我的眼睛花了，数不清。

我：现在纺锤形也不时尚了。

6297：我熄过几次火。也许你练车的时候还需要我，因为撞了也不心疼。

我：你吃不吃荸荠？

6297：我想再陪你们去一趟宣城。

结果半道上熄了火。父亲伸直了腿，坐在一旁的石拓上抽烟，说："这车不能再开了。"

6297：或者报废我。你们再得三千块的补贴。

父亲新买了一辆3132，将6297停放在废弃厂破漏的雨棚底下。车钥匙就放在老家橱柜中的第二格，以一根皮索拴着。奶奶问："这车还能不能开？"父亲说："能开。"奶奶想了想，说："可惜了。"

妈妈说："到底什么时候去报废？拖到年审，又要交钱。另外，给它交保险，也是一笔钱。"

父亲验了两次年审，交过两年车险。6297生锈了，停在雨棚底下，轮胎也没了气。

父亲说："这就去报废，这就去。"又拖延了一年。厂家来人投诉：太占地方。

6297：现在到了报废我的时候。

父亲说："好的，没有办法了。"去回收厂是卖废铁，或是拖运至遥远的非洲国家继续行驶。去非洲也好，你去看看那边的风景。

后来就不知道6297在哪里了。它做了我家的驴马十几年，老了便不知所终。父亲有了3132，也不再提起它了。3132是江苏南通的牌照，妈妈不大喜欢，以后就不怎么坐父亲的车了。

　　有一次，我在梦中捡桑塔纳，它们轻巧如玩具。我往自己的口袋里塞，塞不下了，就揣在手上。我要多捡一点，带给我的父亲看。

焰 火

后渚村买焰火一般是去安徽宣城买。爷爷补充说明：还有安徽宁国，我们也常去那里买焰火。但事实上，宁国是隶属于安徽宣城的县级市，宁国就是宣城。

每近年关，街上稀稀落落总是响起一些鞭炮声。除却孩子的玩具，平时祭祀所用的炮火、观赏用的炮火，都是从宣城买的。过年当天，我们吃得饱饱的，无事在院中丢几个炮仗，伤害一些花草取乐。我躲在那株桂花树的后边，在盘错的树枝间架上许多冲天炮，待有来人，我悄悄点火，冲天炮"吱——"一声，飞到来人脚边炸了。来人说："吓！原来是冲天老鼠。"因为冲天炮总是"吱——"的一声叫，与老鼠类似。

我在桂花树上布置自己的焰火阵。来人路过我家院门时，便总是加快脚步，匆匆地说："等一等，等一等。"脸上带着做游戏的微笑。冲天炮不大适宜对准人畜。蹿到衣服上，就钻出一个焦黑的洞口。蹿到鸡鸭身上，就燃着了羽毛，鸡鸭扑棱着翅膀将火羽扑灭。蹿到猪圈里，就点燃茅草堆。爷爷握紧拳头，啐一口，说，我看你们这些小把戏，谁敢将炮仗对准我的猪圈！

宁国人很英勇，做焰火时，总是将焰火中的火药填充得足足的。所以它们的焰火升得很高。天上的神仙别的都不怕，就怕宁国焰火，因为射得太高了；有时候宁国焰火"吱——"的一声，见不到烟花，是因为升得太高了，我们的眼睛看不见它。

自从父亲有了小汽车，往返于宁国和后渚村的贸易就更便利了。我们购买礼花，隔壁邻舍间总是最大最好的。邻舍的礼炮只可响二十四下，我们的便可响六十八下，或者更甚。响来响去，都响得烦了，它还不停。邻舍的礼炮上天之后，只是草率地亮过，便偃旗息鼓。我家的焰火，升天之后像是 LED 灯，照亮了后渚村的夜晚。一时之间，公鸡鸣啼，母鸡下蛋，连狗子也睡醒了。邻舍和孩子们与我们站在一起，仰起脖子，看着那又大又圆的一朵礼花。礼花当中，红绿色最易制造，但金黄色、流苏状便鲜见了。每每天上的焰火如流苏般坠落，地面的人就"哇"的一声赞叹，但一张开嘴，烟灰粉尘便落进口中，忙紧闭嘴唇，呜呜叫好。宁国焰火力道很足，可粉尘就有些多。粉尘也飞进我们的眼睛里，掉在我们的衣帽缝隙里。我听见窸窸窣窣，是礼花凋谢后的颗粒。我们躲在屋檐底下，一时之间，四下所充塞的便只有隆隆炮声。炮声互相交叠，像是不同笔触的线条在同一画面上做反复描绘，声响便浓作磐石。我们观赏着除夕夜的那一片亮。

因此每近年关，邻舍总是笑嘻嘻地说：放焰火就看你们的了。我们听得神清气爽，买焰火的劲头就更足了。有时父亲买上三四箱半人多高的焰火，燃放后，仍旧在猪圈门口摆放着，直至过了正月十五，才由爷爷骑着三轮，驮去贩做废纸。我们这些孩子也会扯下焰火的单管，倒出其中的黄泥研其究竟。

除夕夜的硝烟味不容易散。因为礼花是整夜在放。蒙眬睡至五六点，仍听见炮仗声声。起床一看，气氛之间浓郁如奶，不能远视。到了下午，硝烟味仍是弥漫，但四下已觉得清朗许多。街上到处是鞭炮红皮。

硝烟味不容易散，到了晚上还弥漫着。

年味，很大一部分记忆总与硝烟产生联系。

近年来，鞭炮少放了。我越长大，胆子却越小。知道了冲天炮蹿破人衣服，是要赔的，就不大敢再放，更别说摆什么炮阵了。我已成了叔伯辈的人物，若是见到侄子侄女在放，还得装模作样地上前训斥两声。他们哪里知道，我的炮阵曾摆得比他们还好呢。

爷爷说，响应政府号召，不便大买焰火了。如果要买，只买一个意思意思。焰火降价了，邻舍也买了高大威猛的焰火来放。他们不再说放焰火就看你们的了。父亲不再驱车去宁国买焰火，而是托人带了一方磨盘大小的鞭炮。除夕之夜，家家又放焰火，父亲懒在靠椅，也不去了。只是嘱托我焰火要放在平整的地面上。

奶奶随我走到马路边，没有车辆。我们将焰火上空避开了电线、树荫，匆匆燃放。也无人昂首再看了。只是权当作一项任务，听过响声后，寂寞回了屋子。

锈男、敏敏

哪有人叫锈男的？也许这名字另有一种写法，"宿男"也说不准。锈男和他的妻子就租住在我家前院，开着一家早点铺，铺子紧挨着爷爷的小卖部。二十年以后，爷爷说：房子，坚决不可租住给做小吃的。因为做小吃油烟旺，地上的油污，滴滴答答，顺着阶梯淌到下水道。说的就是锈男夫妻。

我家的小院里杂植各类花草菜蔬，阳光好时，鸟雀来闻，叽叽喳喳的，却显得异常安静。锈男常常就用手指勾着一把骨牌凳，摇摇摆摆地走进来，看见我时，叫我一声："阳阳！"声音像是驴子嘶哑沉闷。他的脊椎不大好，所以说话时歪着脑袋，惯用鼻腔发声。

锈男就在我家院子里，或打盹或发呆，或翻书地度过一个下午，因为早点铺只是清晨在忙，午后暂无一事可做。等鸟雀稀疏，阳光也昏暗的时候，再勾着骨牌凳，回去他的铺子。他所读的书我瞥过几回，是情色的武侠小说，封面印着一个身缠碧丝的、舞剑的裸女。这些书籍是在镇上车站小铺里买的。我也想看很久了，但买不上。有一次咬牙买下，丢下一张五块，顾不得找钱，红着脸跑到无人的角落。结果一翻看，密密麻麻的尽是文字，就扫兴地将其扔进草丛深处，再不管了。

裸女。裸女是画的，画师的手法极为高明，将画上女子的脸描摹得犹如凝脂，似笑非笑。我现在还深深记得。

爬山虎爬上墙壁。

天也暗了。

锈男的妻子敏敏，是个理着短发，身材臃肿的女人。锈男在我们院中休憩时，敏敏喜欢跑到长宁路上的图书馆，或是小钟影像店，蹲下身子，从柜架的最底层开始看起，她用手指点着，仔仔细细地将剧名一一数过。总是不外这两个地方。锈男平日里将赚得的零碎钞票放在一个锈迹斑斑的圆铁盒中，也不避我们的眼，因为铁盒总是牢牢上锁。待攒多了，可换整钱，就集体存入银行。敏敏在铁钵中每日取出几块，放进另一个粉红邮筒状的锁盒中，也不买穿戴与脂粉，只是租赁影片回来看。那时候的图书馆不太正规，什么都要市场化，馆长只好自谋生路，所以附带租赁盗版影碟。敏敏从镇上回来，在一只皱巴巴的深粉色塑料袋中取出影碟，躺靠在木板搭制的床上（因锈男脊椎不好，只可睡硬木板），卷起只铺一半的床垫子，夹于腿中，其肚坠如布囊，翘起脚观看，因租碟是按日计费的，所以看得很匆忙。

屋内，用杉木板隔作两个房间。外侧是早餐店铺的锅炉炊具，两只巨大的铝盆中浸泡着待洗的碗筷，地面油迹黑乎乎的，黏脚。杉木板里侧，缺乏光线，是敏敏和她的电视，一张硬板床、一把骨牌凳、一个天蓝色的塑料衣柜，很简明。一盏灯泡孤零零地悬于蚊帐之上，白天一般不开灯。如若开灯，灯是昏黄地射出，胆小地亮着。

我们时常取笑敏敏，因为敏敏虽生得魁梧，但极其善良。我们这些孬种，就爱捉弄善良的人。下午，孩子们一齐挤到敏敏的房间，与她笑喳喳地闹。我们脱了鞋袜，热烘烘的脚踩在锈男与敏敏齐睡的硬板床上，这时，敏敏就从蓝色衣橱中，取出一袋白糖饼干，分与我们吃。这种饼干是在镇上二厦里散称的，是将无味饼干大量撒上白糖。歙县制作的，最便宜。既无黄油香葱，专售给卖力气的人。我们一人伸手进袋中捞两块，仰着面吃，白糖屑掉后正好落入嘴里。吃过了，我们一齐看电视。我们的手轻轻地打敏敏，捉弄着她。敏敏再将塑料袋缚紧，眼睛直直地盯着电视，一手撑着脑袋，一手扶着床沿缓慢坐下。

我们掐着敏敏的肩膀，问：

"大妈妈，这是什么电视？"

敏敏说：

"《神龙女侠传》。"

"大妈妈，这些人是好是坏？"

敏敏说：

"大胡子是坏人。他躲在好人里，算是特务。"

"大妈妈，什么是特务？"

敏敏想了想，说：

"特务，特务就是假装好人的坏人。"

敏敏是贵州人，说起话来像是唱山歌。我们与她说越多的话，她滑稽的腔调就拖得越长久。她一口气回答了许多问题，眼睛还盯着电视，但毫无烦躁之意。她就是这样的有耐心。等锈男从院中回来，我们听得他一深一浅的脚步声，匆忙穿好鞋袜，逃避了那间屋子。敏敏也得以侧卧，不受我们干扰地专心吃饼干，看电视了。

锈男放下骨牌凳，歪着脖子坐在屋子的外侧，继续翻书。街边偶有鸣笛声，他就皱眉相待。他们俩隔着一层木板。有时候，锈男敲敲木板，让她把声音关轻，敏敏就把声音关小一点。再过一会儿，天就暗了。锈男在院子门口赤膊擦身，敏敏在杉板里侧倒掉污水，拉下卷帘门，睡觉，第二天再这样过。

早点铺的日子就是这样。

锈男不爱敏敏。在我明白什么是"爱"之前，托锈男的福，我更早地明白了什么是"不爱"。他言传身教，向我展示了"不爱"是一种什么玩意儿。锈男歪着脖子，简直把敏敏当作了空气，好像早点铺只有他一个活人。爷爷说，每当爷爷说起这件事，他总是情绪激动，好像自己变成了敏敏。爷爷说：唉，伤人良心的锈男。他老婆，多么贤惠的老婆。我要是敏敏，必要一个巴掌呼他脸上，把他的歪脖子都打正了。

敏敏做活时，总是很勤劳。她干活手脚利索，往往一个人将两个人的活计都做完了。小吃铺的馒头又大又实，就是敏敏发的面。我最爱吃的小笼包，皮薄剔透，也是敏敏做的。敏敏的小笼包要蘸醋，再蘸辣椒。咬一个小口，汤汁就流出来了。敏敏几乎包办一切，所以臂膀粗实，加之嗓门洪亮，头发却才过鬓角。敏敏的样子，看上去不大可爱。我盯着敏敏红色皲裂的双颊，如蜂窝煤忽然爆出金黄色火星。忽然想，这也不能全怪锈男。但敏敏真是一个好人，这也不能怪敏敏。我也不知道怎么办了。

有几天，我们跑到敏敏的房间里和她看电视。这时锈男不在院中阅读。他去哪里了？还有几次，锈男又不见了。敏敏盯着电视，说，他是去存钱了，或者去买面粉了，或者去买色拉油。不是，我们看见锈男歪着脖子，枕在另一个女人的腿上睡午觉；锈男跟在另一个女人的屁股后面，屁颠屁颠的，像一只腊肠犬似的。他的脖子好像套着颈圈，看不见的绳头就攥在那女人的手里。我们不敢告诉敏敏。我们故意问："锈男去哪儿了？"

末了，天色昏黑的时候，锈男还是回到早点铺。如不擦身，便将卷帘门拉下倒头睡觉，继续过他们早点铺的日子。

我们在长宁河边丢石子时，远远地看见锈男，他像是喝醉了一样，歪着酡红的脸，从下田桥晃晃悠悠地经过，不时一手搭在桥栏上，歇息一会儿。他身前走着一位神情冷漠的姑娘，提着粉红色的小挎包，及腰长发是可爱的暗红色。他停下时，姑娘也停下，不耐烦地上上下下回顾着他。一会儿，走过了下田桥，拐进了竹窠后面，就看不见了。

还有几次是短发女人，半露着腰。或瘦或丰腴。锈男每每歪着脖子，从下田桥上与她们缓缓迤行，手扶着栏杆，像是醉酒那样。这仿佛是刻意炫耀给河岸两边的居民看的，我们走出可怜的窝棚，就看见那样温婉青春的女人陪在一个歪脖子男人身边，我们伸长了脖子看，我们伸长了脖子惊讶地看。

当我白天看过那样极不协调的画面，夜晚，靓丽女人和锈男的形象就化作一缕烟，龇牙咧嘴地钻进我的脑袋。我在梦中看见一个蓝衣女人张开双臂，蝴蝶袖垂落，粗壮的下半身如"大"字张着……当蓝衣女子放声歌唱，片段所见是她的下颌，层层叠叠，圆润的手臂粗壮白皙。锈男在我的梦中变得尤为矮小，四五个身着旗袍的年轻女子围绕着他，面含微笑地俯视着他。而锈男则自信地报以抬头，他的右手上夹着粗壮的雪茄，是雪茄给他以勇气。

有雪时，树也有影，映着的像是湖面。

一棵树有一棵树的影子，一排树的影子构成平行如栅栏的线条。一匹马经过，留下干净的蹄印。

雪消融时，化作雨粘连在玻璃窗。

敏敏在窝棚里亲吻一具骸骨。一截漆红的杉木板，隔开了这个女人与灰白松散的骨骸。敏敏贴着杉木板倾听，继而亲吻杉木板。或者摆弄骸骨的姿势，俯下身亲吻它的脚趾。

锈男回来得越来越晚，而敏敏则有默契地租赁更多影碟回来，早点铺日夜回响着武侠世界中打斗的声音。刀光剑影照亮了敏敏木讷注视的眼睛。我们故意问：锈男呢？锈男呢？敏敏挨了一阵，默不作声，忽然用喃喃的声音，装作无心地说："买猪肉……或者是存钱去了……"眼睛仍一刻不停地关心着电视上的动作。我们再问，她就不再回应。只是念着电视剧中的台词。她总是将剧中人物所说的对白提前说出，那时候我还奇怪得很，以为敏敏有着绝好的记性，后来才知道，银幕上会有字幕提前跳露。总之，我们问够了，问得敏敏哑口无言。武打剧很好看，可看久了，仍旧哈欠连天。铺子里开始了打哈欠比赛。我们待到夕阳将近，锈男还没回来，各自散去时，留下敏敏独自专注她的影碟。

敏敏快要钻进电视里去了。

有时，夜里，我熟睡时让尖利的卷闸门声叫醒，才知道锈男是在这个钟点回来的。敏敏掐了电视，两人洗漱一会儿，污水倒出后，夜晚才安静下来。我很快又进入了梦乡。那时我还不大会看钟表。只是觉得锈男回来的时刻，夜色越来越浓重，有时竟然浓得发白。

我们不再追问锈男的去向，只是忧心地瞥着敏敏的神情。竟然一时不见得有什么异样。她除了去影像店，现在开始骑着一辆瘦小的三轮车，从粮油站运一些面粉回来。或者是在菜市场采购一些新鲜的蔬菜。敏敏一个人维持着铺子的运转，锈男竟然像是成了这位租户的堂客。

终于一天，歪着脖子的锈男整夜没有回来，也许是跑了，也许想要丢下魁梧的敏敏，不知去向。姘头的身份很明白，总之就是洗头房里的那几个年轻娘儿们。敏敏趴在床板上，起初一时无声，早点铺照常营业，但馒头硬得夹生，主顾们皱眉嚼着，又不好多说什么。再过几天，食客们赶来吃早点时，蒸笼上便什么都没有了。铺子的卷闸门半开着，敏敏躺在硬板床上，折过了身去抽噎着，客人们面面相觑，弯着腰，只看见一面宽阔的背脊。她的身躯断断续续地抽搐，像一只淋湿的狗受了风寒。客人们在铺子外，围成一个圈，窸窸窣窣地低声交谈着，最后还是散去了。电视仍旧播放着打打杀杀声音的武侠片。几个老婆子从半开的卷闸门内钻进去，一面上前低声安慰，一面悄悄观看着电视中官府缉赏匪徒的进展。

不多时，敏敏坐了起来，任由几个老太太粗糙的手抚弄着自己的后背，只是仍旧抽噎着，半晌不说一言。后来奶奶回来时和我说：敏敏的背，滚壮滚壮的，拍上去像是在摸肉皮冻。

爷爷将卷闸门推上去。因他身子矮，需要踮脚方能如愿。爷爷暴着青筋，握紧他的小小拳头说：人心不古，世风日下。道将不行，礼崩乐坏。爷爷反反复复只这几句：爷爷当时任村干部，手只一挥，村民们便如蚂蚁般出去捉人了。

敏敏哭着，肩膀只是颤抖，身子一起一伏的。奶奶要她靠在自己的大腿上，慈爱地说：好啦好啦，长宁河要涨大水了。敏敏仍旧颤抖，仍旧哭，最后摊开手掌一看，是干的，敏敏抽抽地说：我的眼泪流尽了。她哭得眼眶通红，像是一个京剧中的人物，我想笑，又察觉她的可怜，不再敢笑出声。

爷爷骑着老虎山上捉来的花斑豹，手持方天画戟出发了。说：哇呀呀——锈男——你到何处我都要捉你归案。民兵们挥舞着无敌风火锤，脸上饰以彩绘。最后，在竹寨后面，那座空心砖垒砌的民房后边，将锈男抓了个正着。他仰面躺在铺得软绵绵的席梦思之上，跷着二郎腿，正在阅读《侠女苏小小秘史》。来不及反应，就被整个翻过了面，以稻草将双手缚住了。我们的民兵平时萎靡不振，治安也管理不善，做起这种事却是十分在行的。这下就像提溜一只稻花鸡，把锈男装到了电动三轮车后座。

锈男总算似是知道了不光彩，把头压得低低的，埋在皮靠椅上，不再抬起来。

到了家。他们押解着负心汉。爷爷说，敏敏，每次我想起你，就要落眼泪。现在好啦，好啦，人给你抓回来了，这下你该高兴了吧。他们将负心汉扔在了床板上。爷爷摇头晃脑，哼了一声：他还睡席梦思……锈男脑袋歪歪地埋于枕中，躺在床上，双手反剪，一动也不动。他露出半个白花花的屁股，我从人墙中挤进脑袋看，那屁股上还长着点点红痱子。

敏敏就哭得更厉害了。

我曾在那间小屋子里见过他们的结婚相片。也算不上是结婚照片，只是一张合影。敏敏身着一件蓝色短袖，倒靠在锈男的怀中。锈男则穿着西装，歪着脖子端坐。模样很正式。这张影楼相片起初半裱起来，后来就不知道塞哪儿去了。

那家早餐铺的东西是很好吃的。有薄皮馄饨、葱油拌面、杭州小笼包、炒粉干、油煎饼、肉包素包。蒸笼打开，雾气扑面。另外，敏敏善于制作贵州的牛干巴，牛干巴辛辣耐咀嚼。其间口味我至今仍清楚记得。

山

地名多有错讹。我家附近原有一座炸鹅山，勘校了半天，原来写作"剿岌山"。也许"剿岌山"的写法仍旧有误，但我已懒得去考证。一座山的名字取得如此繁重干什么？真让人生气。所以仍写作"炸鹅山"。炸鹅山上或许有卖炸鹅的货儿郎也未可知。这座山我写过许多次，从小学写周记伊始，我就写它。后来为了发表，也写它。我还曾被困在炸鹅山上，因为一鼓作气上了山，下山时，落了雨，岩壁陡峭，不敢轻举妄动。所以每每谈及炸鹅山，我就有些抗拒。

我再也不想写炸鹅山了。

这次说老虎山。

老虎山在剿岌山的西北面。各地决定山的名字时，大多有些轻率。也许因为江南山头多，认真取名，容易词穷。读书人埋头温书，那些山只得由着老农的叫法，看着像什么便叫作什么。但真正的名山，用名时自有其气象，比如太行山、天目山。余下的山峦，只落得年糕山、老虎山之类的乳名，不大公平。

老虎山就在我家不远处。山脚下，是一块勤耕的农保田，常年多是毛茸茸的低矮绿色。老虎山上不知确有老虎没有，但很早以前，豹子是常有的。我爷奶年轻时，豢养着一只通人性的黄皮狗，爷爷很宠爱它，将它拴在屋檐下睡。一天，正要睡觉，忽然听见黄狗猖猖，继而哀鸣阵阵。月色底下，瘦长的影子晃动着，不久，那黄狗的叫声越来越远，爷爷忙披上衣服，操起一根竹棍向外赶去。爷爷那时年轻，人虽矮小，但力气出奇的大，念及和黄皮狗往日的感情，顾不得怕花豹，只身往岭山上赶。花豹也许是第一次见此架势，慌了，不敢停留，将黄皮狗叼在嘴上，翻过了山岭。豹子是奔跑速度极快的动物，不一会儿，黄狗仅剩的呜咽已在山的另一面。爷爷告诉我，他冲动时，不知道害怕。但返程的路黑魆魆的，他便怕了。也不是怕豹子，而是怕鬼怪之类。所以爷爷畏首畏尾地走了回来。只是可惜了黄皮狗，爷爷说，那只狗极通人性。平时看人，懂得低着头。爷爷去山上驮柴火，它也跟着。爷爷去地里耕作，它也跟着。一次，夜半去邻村偷砍柴火，这狗竟然也跟着。爷爷有些急，驱赶几次，赶不走，便同那黄皮狗说："好狗，好狗，去了邻村，万勿叫唤。"黄皮狗果然一声不吭。邻村的狗来欺辱它，叫得敲锣般，它也只是低着头，躲着走，默不作声。

后来又养了一只黄皮狗，也是叫老虎山上的豹子驮走的。

那次，爷爷开门想要搏斗，花斑豹停下动作，回首觑他一眼，爷爷强作镇定地关上屋门，随它去了。爷爷说："豹老头的花纹太吓人，太吓人。豹老头的眼睛滴溜溜的，像是思考着什么，成精了。而且这一只黄皮狗登时就被咬死了，我再也没有什么办法。"

渐渐地，通了汽车，老虎山上的豹子少了，这一片的豹子都少了。到了我这一代，心想：嗯？豹子？那不是非洲的动物吗？后因毗邻老虎山脚的公路上车辆密集繁多，步行道就从毛竹山脚开到了山上。步行道是用青石板铺就的，没想到铺至一半，石板短缺，就用了鹅卵石作代替。所以老虎山上的步行道半阴半阳。进口处的青石板凿刻着：修筑于公元 2000 年。斧凿的隶书已叫行人的足迹磨损得难以辨识。

山顶有一烈士墓，不知是什么时候的。也许烈士早就葬在上面，只是路通得晚，人们最近才重新修建。

老陈肤色蜡黄，说话木讷，是福建人。以前也不知道有没有做过和尚，后来老虎山腰上建筑了一栋平房，老陈就在那里做起了和尚。当时父亲正好管理宗教事宜，建庙也许要批准。老陈就找到我的爷爷，辗转联系上我的父亲。造庙是善举，村人纷纷出钱出力，一百两百地凑。可还是差得远了。多亏福建的商人愿意捐款，老虎庙才造出来。好像叫化田寺。化田寺占地不大，只有两栋建筑，一栋是佛堂，供着泥塑菩萨与一只功德箱。一栋是老陈的宿舍。堂前栽种着几棵柏树，放着一鼎香火炉子。

我夏季早起，常常往化田寺上跑。跑一个来回，一天的运动量就差不多了。庙里只有一个和尚，就是老陈。老陈也不太穿僧衣，都是穿着普通百姓的尼龙衣服。老陈俯下身子，问我："你几年级？多少岁？在哪里念书？成绩怎么样？"我那时在临安读小学，当过护旗手、大队干部，因此很自豪地答复他。他笑眯眯地从案上拿下一只供果，洗了给我吃。老陈瘦瘦小小的，但精神看上去总是很矍铄。

化田寺的香火不旺，附近的村民只是将寺庙当作登山时休脚的地方，或者专程上去与老陈说说话。每到腊八节，化田寺也施腊八粥，那时寺里就热闹许多了。

后来听说化田寺要扩建，有大商人捐赠镀金的大佛像。不知怎样，我已很久没有再上老虎山看一看。过去了十几年，老陈仍在老虎山上做和尚。寺里有一口大钟，清晨敲响时，后渚村都能听见。下雨天也不会暂歇的。钟声在雨中极其绵长。这话做结尾，有些落入散文结构的俗套，但那钟声确实如此，人听见，总觉得缓缓地慢。

庙 会

在街上忽然看到两个外地来的小贩，像是安徽来的一男一女。男人骑着装扮成蒙古包的电动三轮车，长发油腥地板结在一起。衣服是灰色的尼龙短袖。女人反向坐在车后，望着来路，好像一路颇受沧桑，神情木讷。一会儿，长长地打了哈欠。女人因常晒太阳，脸色多是古铜的，可皱纹不多。

我出神地望着这些陌生人与三轮车。他们朝长宁街上拐弯过去，我就知道：庙会要来了。

长宁街上的庙会，摊位很密集，在八月末至九月，紧贴着长宁河，整条街都挤着摊贩。这些摊贩从四面八方汇集过来，较近的，骑着电动的三轮车，路远的，生意做得大的，就开着货车，一个村接着一个村赶庙会。他们不是水，但流动地生活。平时居所大约就是在车厢里。车厢除去被褥，还有牙刷杯，洗脸巾就挂在两绳之间。

平时短促的长宁街，遇上庙会，竟变得无论如何也走不完。各地的小贩操着蹩脚的普通话，从车后取出架子与雨棚，变出了一个又一个简陋的商铺——卖皮具的温州人，甚至能搭出一座宽敞的皮革城。商铺与商铺之间友好协商，同行间隔几家别样的店铺，因此气氛也颇为融洽，摆放安排得也较为合理。总不至于一溜烟逛过去，都是卖皮具的。

还有卖廉价衣物与影碟的，还有一元商店。一元店里，不论看上什么东西，给一元钱，就可以带回家。女人们抓着面盆、果盘，笑着走出去了。她们的眼睛都笑成一道缝，这里的面盆怎么那么便宜呀？用上好几年，每每洗脸还是忍不住笑：这面盆当时买的真值当。衣服是从广州或者绍兴柯桥进货的，做成老妪们喜欢的华丽款式，巴洛克风格。绍兴柯桥是专做窗帘的地方，衣服面料与帘布类似，多是粗纱纺织的。那些衣物悬挂着，男女顾客的手摸摸捻捻，盘出一层包浆来。这类东西后渚村本来就有，只是庙会价格很贱，于是大家忍不住要买一买，过过捡便宜的瘾。

庙会上什么都便宜。庙会上什么都可买到。赶热闹的人来了，呼朋引伴，牵儿遛女地转动脑袋瓜。所以手艺人也来了。杂耍人也来了。

我的爷爷总是说庙会的剃头师傅好，但好在何处，我想不明白。后来才知道，镇上剃头讲定是五块钱一次，而庙会只收两元钱一次。一时之间，后渚村的人都恨不得生出两个脑袋来，好去剃一剃，多占一点便宜。

这种剃头匠的生意很好，男女嗑着瓜子，候在座椅后边排起了长队，一边磕，一边吐瓜子皮，等待剃头。在这里剃发并不洗头。剃头匠的妻子站在一旁，要你伸长脖子，以一瓢热水伺候你将头发打湿，就开始剪。竟还真有用瓜瓢来取水的，像古装剧般，很罕见。

庙会上的理发师只可剪短，发型不大会做。打薄或许会，但最好不要。因这样的理发师下手无轻重，一下打薄过甚，却露出了头皮，像是秃噜了一般。

还有游方牙医。每每讲起游方牙医，我心里总有一种朴素温暖的感觉。他们的大褂是脏白色，挺着肚子，生意也很好。后渚村的人攒了一口坏牙，眼巴巴地盼着他们来收拾。游方牙医竖起一个漆红"牙"字。此处拔牙不怎么用麻药，只是用棉花沾一点可卡因，漱漱口便号称麻药已起效。去正规医院，补牙是要耗费上百块钱的。游方牙医只赚二十块钱。来这样的店铺的多是后渚村的老头老太太。他们拎着布袋，搓着手，望着庙会上牙医铺的方向。他们没有生活来源，只是牙齿松坏，没有办法，总需要补一补。他们需用牙齿来嚼五谷。或者，老太太的牙齿都掉光了，嘴唇凹进嘴里。游方牙医看看她，叹气说："你的牙齿脱光了，需要去正规医院镶假牙。"老太太听得一愣一愣，眼睛闪闪的，便自顾走开了。

前不久，我在网络上看见，因为拮据，有人用树脂颗粒自己替自己补牙。忽然就想到了庙会上的游方牙医。

极为热闹的庙会，各人亦各有逛法。大人步履稳重，仔仔细细地衡定一件物品的质量与价格，再决定要不要掏荷包。我们孩子则窜来窜去，打打闹闹。跑着跑着，忽然伙伴不见了，回头疑问："咦，人呢？"庙会上卖吃食的也许多。油炸铺子是一定有的。既是猎奇，庙会上的油炸铺就很不一般，有炸青菜的，有炸昆虫与蝎子的。蝎子黑魆魆的，发着黑光，单个成串，尾部还有尖针未去。这样的东西我不敢尝，却很爱看。总是凑近了在铺子前，将那竹签上的蝎子看个仔仔细细，看得头皮发麻，四肢不行，最后再打一个寒战，过瘾极了。铺主是贵州来的，贵州黔东南有喝辣吃虫的习惯，他知道我不买这些恐怖的虫子，也不驱赶，任由我贴了橱窗近近地看，有时还与我调笑几句。

朝天椒爱吃这种东西，只是吃时需要我们旁观撺掇，否则也不大吃得下去。朝天椒平时节俭，攒了一些钱，都去找虫博士买炸串。起初开始吃蚂蚱，渐渐就能吃蝎子了。据说，蚂蚱是鸡肉味的，蝎子脆脆的，不韧，味道很鲜。

像这样骇人的东西，庙会上还有很多。我极其怕蛇，非常非常怕，单单看见蛇这一个象形文字，汗毛就着急地站起来。可我愈怕，却愈爱仔细地观察。庙会上与蛇相关的场所有许多。一些贩卖药材的中年男人将带土的中草药整齐码在紫色麻布上，竖着字牌介绍草药功效与用法。另有一侧，是药酒。药酒泡有土蜂、蕲蛇，炮制成酱黄色。蕲蛇酒的脑袋是正儿八经的三角形，像个烙铁，盘在一起……我无法再详尽地回想它了。我蹲下身子，看几眼草药，不时地窥着瓶子。庙会也有专门的蛇油店铺，据说对治跌打有奇效。实则是红花油换了商标。蛇铺主人是奇人，头发稀疏毛糙，两颊瘦削，在竹篓里豢养着一条胳膊粗的黑蛇，打开竹篓盖，蛇就缓缓地升起来，在紫色麻布上翘首作奇地打量周遭。我那时才知道，蛇与蛇之间，也可像斗鸡般打架取乐。一会儿，另来一位高瘦的套着夹克衫的小伙子，手臂上盘着一条五彩的蛇。观众哎哟叫着，纷纷退让，我吓得跌了一跤。小伙子将蛇放下，两蛇前俯后仰，嘶嘶吐着红信，开始争斗。五彩的蛇体格瘦小，不敌大黑蛇，上下缠斗了几个回合，就想要逃走。我在暗处看得心惊肉跳，小伙子便攫起自己五彩的蛇，说："不打了！不打了。前两天我的蛇，叫另一条野蛇咬伤了，现还在恢复。"又与黑蛇主人说了几句，聊了聊家常就走了。那一场仗我看得很过瘾，个中细节，蛇如何翻腾，如何撕咬，至今仍记得。原来蛇也可斗玩，只是从那以后，我再也没有见过这样的场面。

庙会上还有一种"美人蛇"，人头蛇身，能讲人语，可用中国话，与人交谈。门票价格昂贵，竟要八块钱，我掏空口袋，害怕地掀起帐篷帘。只看见一个梳着长发的女人脑袋，粉妆精致，立在冗长盘踞的蛇身之上。帐篷内昏暗一片，缓缓扬尘，只我一个观众与这样的"美人蛇"相对。我浑身战栗起来，"美人蛇"用中国话问我："小朋友，你今年几岁了？"这美人蛇说话时，还带有川贵两省的口音。我忍无可忍，说："去你妈的吧！"吓得一掀帐篷帘，跑了。看守美人蛇帐篷的是两个膀阔腰圆的男人，见我这样，抓着帐篷杆，含胸勾背地大笑起来。

这是庙会上的骗局，现在我稍稍有了智慧，明白那蛇身不过是一层玻璃挡板，用折射原理使之如是。但这钱也交得值当，因为现在想看一看"美人蛇"，已无处再可上当了。中国人早不干这行当了。印度那边还有这样的表演。不知这些美人蛇，不扮角色后去了哪里生活。

我买了一碗味百羹吃，稍做歇息。味百羹五毛钱一碗，味似胡辣汤，勾芡很实，皮冻一般。坐下来吃，只是勺子质量很劣，歪歪扭扭地舀不稳。羹可以加香菜做辅料，有些人避之不及，我是要加的。味百羹不可失了香菜，就像方便面不能没有粉料包。

稍事歇息，再看点别的。

看"美人孔雀"，进了帐篷，也是一样道理。再去看看鬼屋。庙会鬼屋入口处设计得极为狭窄，门帘两边用红色不干胶贴着"鬼屋"二字，贴得歪歪扭扭，让这座鬼屋的威风一下失去了许多。门帘里面黑魆魆的，点着几支幽暗的灯。还未入内，已听见屋内女人的惊叫声和笑声掺杂着一起，叠叠丛丛。我摸出三块门票钱（我辛苦攒下的钱，都会在庙会被骗个精光），不及入内，女人们已蹿出鬼屋，吓得辫发四散，不得再入内了。我正想着进去以后一定闷声不吭，展露自己勇气的事，脸上不自觉地笑着。一个青年人忽然从背后拍拍我的肩膀，吓了我一跳，他手上提溜着一串面具，悄悄问我说："你，你要不要扮鬼？"原来，这鬼屋扮鬼的也是客人，只需要缴五块钱，就可在其中扮鬼吓唬交了三块钱的客人。讲定了只可吓人，不可动手动脚。吓得他们哇哇叫，这也大有乐趣。

我在鬼屋入口处只走两步，四周光亮很微弱，黑影若隐若现，我心中已怵了大半，可因为交了三块钱的缘故，又不好径直退出。忽然，蹦出一个鬼，将我吓出了帘外。青年人摆摆手，一手挡住帘门，就不让我再进去了。刺激不过短短十几秒钟，就稀里糊涂地失去了探险的机会。

庙会鬼屋，也常常出现甲鬼将乙鬼吓出帘外的情况。自己人吓自己人，阶级内部斗争，是可以通融的。乙鬼吓出帘外后，自嘲地笑了两声，仍可继续入内玩乐。因为这是人民内部矛盾，做不得大数的。

骇人面具的鼻头很大，和日本的"天狗"十分相似，披头散发，用料很讲究，做得十分逼真。这样的鬼屋真是无本生意，连雇佣员工扮演鬼怪的工资也省了。后来，我总是想，以后要做生意，就开一间这样的鬼屋，随着庙会到处流转。因为是无本生意，我最爱做无本生意。

庙会还有劲舞团来贺，这是爷爷爱看的节目。爷爷平时勤俭节约，连电灯也舍不得多亮几盏，可碰上劲舞团，就顾不得那么多了，十块八块的票子，口袋中也摸得。爷爷几次借口带我去庙会，都是为了自己去看热舞。舞台十几平方米，底下摆着一些塑料凳。我们遇上了熟人，便打招呼。那时我不懂得欣赏，坐了一会儿，见只是一些女人在做体操，便无趣地走到一旁丢石子了。过了一会儿，仍旧没有我的事，就哭闹着要走。这里舞团不只表演热舞，还有一些自制的情景剧，比如《白娘子传奇》之类。小青一袭青衣，是个面庞小小的女演员扮的。我恍然叫她的美给镇住了，忘记了自己正在哭噎。舞团将《白娘子传奇》编排为一出笑剧，说是二女争夫，如何如何。一会儿，许仙缠着的衣服也叫她们争破了。台下就笑了。但我仍旧在想，世上竟也有小青这样的美。她虽然出演俗剧，也调笑，可眼里埋着淡淡的哀伤与不屑，像个对什么也提不起兴趣的多余人。那个小青，骨子里是很颓废的。

这样的人活到后来，就会逼问自己，究竟为何而活。假若找不到答案，是会发疯的。不知道小青以后的生活怎么样。

庙会舞女与洁白光鲜的形象相去甚远。因了日晒而且追赶庙会，她们的肤色较为黝黑，身体也较为结实粗壮，年轻的媚态渐渐消殒了。想象一下：帐篷顶上破了几个洞口，阳光穿过后在她们的身上照映出一块一块的光斑。光线昏明的帐篷，两旁是四台电扇围着木质舞台鼓鼓地吹。舞女下蹴，又起身，运动之间，一时只可看见那一双双肉腿如带状般、绳索般晃动着，同都市里的情人相比，这些舞女的线条更硬朗，更有棱角一些，皮肤也更粗糙一些。

有一次庙会，也是舞团，搞了一个噱头，说是请到十米高的巨人，全球巡回展览。售票处摆着一双巨大的漆皮鞋子，足足有一百多码。一个好事的老倌趁售票人不备，将自己的脚伸进去试了试，舞团的打手即刻将他给架走了。爷爷是个矮汉，就买票吧，这值得一看。起初仍是热舞、肚皮舞，后来不演情景剧了，摇摇晃晃走上来一个大高个，竹子般那么长。只是身躯的比例很怪异，上半身仍和一般人大小，高个儿全长腿上了。巨人握着话筒说，小时家里如何困难，自己饥一顿饱一顿，就跟着来到了庙会舞团。爷爷跟我说："真可怜，饭都吃不饱。"出来后，爷爷跟我说："他的高跷踩得很好，都不用手扶着。"爷爷说："那些舞跳得也好。今天的八块钱划算。"

你还想买什么？买来买去的。我和爷爷都没有了钱，就走回家。奶奶做了晚饭，问我去了哪儿玩？爷爷抢话，主动坦白说："去看了跳舞。"啊？又看跳舞，又看跳舞？把钱都糟蹋掉啦！

我一个人逛庙会。

我幼时不善于守住钱财。奶奶给我十块五块，我便非去庙会上花了不可。庙会上，可用钱的地方多之又多，那些摊主面相又善，我看了很喜欢。边摊零食是便宜的。一个油灯果只需要五毛钱，吃了两个，饱嗝就开始往上泛了。我的裤兜里揣有巨资，底气十足地在这庙会上伸长脖子，东望西看。碰上杂耍艺人或是吹弄乐器的，我就抛投一两个角钱给他，他朝我微微地笑，点头致意，我心中便很愉快很满足。更多的钱买了一些金鱼与乌龟，还有指甲盖大小的甲鱼苗。我伸手让小甲鱼咬我的手指，麻麻紧紧的。我再让它咬我的鼻子咬我的耳垂，它咬住了就不松口，挂在我的耳朵下。我将其置于塑料杯中，一手托着，像是提鸟笼的北京人，继续逛着个中集市——有个十来块钱，就是庙会上的款爷了。

印象最深刻的还有影碟店。那里有最吸引我的盗版碟，都是东瀛女，垒成一座墙壁，三五块钱一张。这是我们的性启蒙教育片。这里的盗版碟往往只是含蓄地讲一讲，打打擦边球。但这点需要澄清，我只是浏览，从未购买过这些非法影像资料——因为我家中没有播放影碟的机器。

就算不下雨，庙会的路也总是湿漉漉的。这是来往的人多了，路被走得很疲惫，也要出汗。

我就走这样的路回家吃饭，天色越发暗了，口袋里的钱已耗得差不多了。四个油灯果下肚了。我缓缓向家中移步。傍晚的饭只是吃个形式。当夜躺在床上，窗外夜色墨浓啊，星辉一点一点，我脑中遥想着长大趁钱，开一间鬼屋的事，想着庙会上稀奇古怪的人或事，才恍然意识到这天已是夏季末尾。庙会来了一年又一年，像是缝纫了夏秋之间的缝隙。庙会一走，梧桐树就开始落叶了。而后星光也晃，天色忽然一片寂静无语地黑了。我再也没有见过他们。

我们去游泳

庙会散场后，我们去游泳。有时我们散得早，天色还晃亮着，看见水浮泛绿色，阳光底下绸缎一样软。我们这些孩子，各人手上都攥着些什么玩意儿，找定河边的一棵枯树，紧握着的手才稍稍松懈下来，安排小莹坐在滩涂石上，管着我们的衣服和刚从庙会买来的新鲜玩意儿。

新鲜玩意儿学着谷仓那样抖成一堆：发泡玩具、火药枪、一些零食和盗版画册。小莹买过一支竹笛，可她吹不响，便被我们用来当作打人的武器。我们心中自豪，倒要看看究竟买了多少东西。散称面包装在塑料袋里，中间夹着红豆紫薯烘焙，也不知是谁的，小莹坐下吃面包，看我们脱衣解裤，将彩色衣物高高地一抛，挂在枯树上，装点着像是过圣诞。一个一个跳进水里。

长宁河的河水真好啊，它没有那么干净，有些浑浊，但它是温驯的。我们选在一块水流平缓之处，它由几块巨大的滩涂石围着，没有什么波澜。我们手脚并用地爬上滩涂石，从高处跃下，"嘭——"。父亲曾经教我：跳水时，两手护裆。千万不要头先扎入水，因为水浅，底下都是滩涂石。

磕到头就麻烦了。磕到头，奶奶一般用菜油按揉包块。

水温叫太阳炙晒了一整天，温温的。再去晚了，下水时就有些凉。若从岸边下河，如同拨开帘幕，一脚掀开，缓缓沉没下去。我从小就不会游泳，但因我的姑姑是卖文具的，兼卖泳具，所以我游泳装备极多极全。别的孩子用充气轮胎作浮，我则在手上套着两个充气环，腰间别上一个游泳圈，屁股上还吊着一只甲壳虫状的浮标。我这样全副武装，是怎么也无法溺水的，就算碰上旋涡，也顶多转得头晕目眩，而不会呛水，因此家人很放心。唯独有一次，我突发奇想，将手上的充气环戴到了脚上，妄图凭借浮力，在水面上漫游地直立行走。结果下水以后，倒栽葱般，只有脚跟浮了起来，头手皆溺于水下。那时，伙伴们以为我在玩什么新把戏，都拍手叫好。过一会儿，才发觉不对劲，忙将我捞上来。我水已喝得饱饱的，几天也不知口渴了。

渐渐地，我学会了狗刨式，也可以当别人的师傅了。小莹在街上买来了泳衣，要与我学游泳。泳衣就穿在正常衣服里，到了地方脱下，是红蓝相间的，我们都说小莹像奥特曼。她的辫子扎成双马尾，与奥特曼之母的辫子相像。奥特曼之母是我们那一辈的记忆，年岁大的不会懂，再小的，只是得其形，也不会懂了。奥特曼之母是伟大的，她拯救过太阳系。我说，奥特曼之母，你试一试，放空脑袋，什么也不想，你试一试，只要你什么也不想，人就会漂浮在水面上。小莹试了几次，每次都缓缓下沉，呛了几口，她便朝我泼水，举拳要来打我。我这位老师有些不快，问小莹，你在想什么呢？小莹说："我在想，老虎山上的豹子，会不会突然蹿出来，就在河边盯着我们。"因河岸一侧很郁葱浓密，安安静静的，被她这么一说，我们忽然怕了，着急地要她擦自己的嘴，我们那边的规矩，擦嘴，表明刚刚所说的是屁话，是不作数的。小二对于擦嘴一事极为认真，他随身带有糙纸，自己说错了话，掏出糙纸擦一擦嘴。别人说错了话，他也要掏出糙纸，替别人擦一擦嘴。

小莹一个下午都在学游泳，可还是学不会。她浮不起来，每每沉下身，就要叹气。而后，便只是抓着岸边的两块滩涂石，让自己轻轻地随水流飘荡着。小莹眼睛闭着，说：

"我在做梦。我想，这样漂着漂着，就漂到了大海，漂到了太平洋去。"

可小莹的手还紧紧握着岸边的滩涂石。

小莹往后就不常下水，但每逢我们游泳，她必跟着，替我们看管衣服。

小脚漂荡着。

小莹的脚白白胖胖的。

就这样游泳，一时时间也忘了。不知是什么虫叫着，吱吱地回响，虫声如落。我们从树上摘来"冷饭煲"，泡在水里吃。这样水果的学名不知道是什么，两头圆圆，比香蕉阔一些，用力捏软剥皮，里面是黄色的颗粒，如蛤蟆子，抿在嘴里，有股淡淡的甜味，像是在吃冷饭，味道很好。因为树上挂着许多熟透了的"冷饭煲"，我们吃时便不太珍惜，胡乱吃几口，就丢掉换下一个。还有一种果子，叫金钩子，也可泡酒，这种金钩子果肉较少，嘴里寡淡时吃着玩儿。树上的那些野果，怎么也没有吃完的迹象。

我的童年就是这样的。往往很安静。

忽然，下了一场雷阵雨。

我先是听见隆隆雷声在遥远的山边隐隐发作，低低地翻滚着。我们不甘心地又嬉戏了一会儿。雨还是来了，我们虽在水中泡个透彻，却也怕淋湿。小二最先跑到岸上，收拾他的家伙什。他家境不大好，在庙会上只买一些便宜、实用的家居品，毛巾、牙刷都是买给自己用的。他父母不大管他的生活。平日游泳，我们游累了，都坐在滩涂石上歇息。小二从来不坐，因为滩涂石上有青苔，会脏了他的短裤。有一次，他在河边游泳时掉了八角钱，沿着河岸来来回回地搜寻，还去下游处摸了几回，没有找见，就哭丧了一个下午。我们那时嘲笑他的拮据，以为拮据就是小气，实则很不应该。他收拾毕了，将东西掼在手肘上，匆匆跑回了家。他的脚步声很响亮，跑起来像只鸭子，也不回望我们剩下的这几个，我有一点生了气。这人真没义气！

一会儿，朝天椒也拖着水痕，收拾衣裤，面向老树拧着他的裤衩。小莹也站起身来，预备在雷雨之前离去了。雷声如鼓，雨还没有下，甚至还有一点儿金光刺眼的余晖。我从水里钻出脑袋，吐一口水，大声问他们："我们游泳和下雨有什么关系？"我实在想不明白，我们既已湿透，在雨中游泳又有什么关系呢？

我的快乐，忽然叫一场意料外的雷阵雨终止了。我是一个"惯宠子"，他们害怕衣帽被淋湿，所以要赶快回家。我不怕。他们声音如豆点小了、远了，只留下我一人伫立在原地，看着他们淡长的影子在跑动。我一人在长宁河的雨中再游几下，只有虫鸣做伴。坐在滩涂石上剥青苔。烟雾如蒸，我知道他们不会再回来了，也急忙地拎起衣服，跑了回去。我希望世事有不散的筵席，长不大，天天逛庙会和游泳该多好啊。那种快乐多么脆弱，忽然就叫一场雷雨给终止了。

·我如何为自己回忆细琐往事·

我如何为自己回忆细琐往事

如何为自己演奏口琴

我很久没有吹口琴给自己听了。我的口琴吹得不好，小星星练习了一遍又一遍，总是抓不住要领。

后来我才明白，要是把每一个音符都用力地吹出来，曲子就会生硬。

悟出了诀窍，想练习一首曲子。就选《无产阶级之歌》吧。我听过一个白胡子音乐家的演奏，曲调催人昏睡，好像秋天堆积在路边的松黄落叶。后来《麦兜响当当》上映，无产阶级之歌被谱写成了《春田花花幼儿园》，肃杀的季节转为抽芽的春季。儿童总是很快乐，我是在七岁那年学习口琴的。

所有的乐器里，我只有口琴和吉他有基础。我有一把吉他，被浓厚的灰尘藏了起来。口琴是小学统一教授的，因为便宜而且便携，学生没有不买的理由。笛子、萨克斯之类属于进阶乐器，需要表露出天赋和浓厚的兴趣，才有可能进到学校顶楼的小黑屋里做培训，那里又闷又热，夏天只有两台电风扇。天赋的鉴定方法，照例是让学生噘嘴，班上的二傻子把嘴噘得和鸡屁股似的，被老师当成了百年难得一遇的天才，带到小黑屋里吹笛子去了。

校外文具店销售的口琴音质沙沙作响，学生又吹得十分用力，实在难以获得欣赏的乐趣。音乐老师站在钢琴后面，先教我们噘起嘴，这样才能吹准口琴的音符。这门噘嘴的手艺我至今没有学会，但我的朋友们总是一个个噘得很好。上了几年音乐课，我学会了看乐谱，也勉强吹得几首曲子。

夏末的一天，我趁父母不注意，躲在堆放杂货的阁楼里，吹口琴给自己听。幽蓝的月亮照进窗户，我闭着眼，胡乱吹着音符，想写一首自己的曲子。我在纸上随机写下一串数字，再安插进乐谱。我演奏着随机的曲调给自己听，有时机缘巧合，也能吹出悦人的片段。那天，我躲在阁楼里，陶醉着吹《麦麸山》，《麦麸山》是一首用随机方式得到的曲子。忽然，父亲打开门，看见我坐靠在阁楼的窗户，一个人捧着口琴自我陶醉，吃了一惊。他是来搬一箱杂志的，父亲瞥了我一眼，沉默地下楼去了，这让我羞愧不已。我父亲总是希望我去田里犁地，晒得乌黑点，变得阳刚些。我却借口学习，躲在阁楼里阴柔地吹着口琴。我羞愤，也恼怒，我宁可他说些什么，可父亲不着一言，后来我就再也不吹口琴了。

我的口琴是国光牌的，十八块钱一支，外面罩着一层墨绿色的塑料壳，它把牌子印刻在壳底，蚂蚁般细小的字。生活更小资一点的同学，会买三十八块钱一支的精装版，精装版的口琴装在纸盒中，封面大大方方地印着国光牌的名号，打开纸盒，是一层洁白的丝绸绒面，口琴优雅地睡在其上。四五个女生买了这款口琴，互相之间也在较劲。直到其中一位女孩把口琴升级成了日本的进口货，这场较劲才接近尾声。我们听过那个女孩吹她的日本口琴，它的声音很软，很清脆。就像是一阵刚劲的风吹拂过树梢间隙。她闭上眼睛的样子也美极了。

几个散坐的男孩听完口琴曲，指责她不该用日本的东西，好像买一支日本口琴，就为帮助日本造了一颗子弹。他们眼神鄙夷地停在那支独特的口琴上，琴面雕刻着深邃精致的鸢尾花纹，这口琴多么好，我从来没有见过这样的口琴。

我在阁楼吹口琴的那天，用的仍然是简陋版的国光牌。我吹着《麦麸山》，想象一个遥远的秋季，教室窗户通透，那个女孩坐在漆绿的竹凳上，小心地掀开她的日本口琴盒。她一个一个音地吹过去，从沉闷至愈来愈尖刻。而我在一旁用我的国光口琴为她唱和。就是这样的幻想，忽然叫我父亲撞破了。他沉默而且意味深长地看我一眼，这是他惯用的伎俩，家里没有人愿意伤害他，他就以为我们都害怕他。老子用的是十八块钱的国光口琴，你想怎么着？你扔一支，老子回头买十支。吹吹吹吹吹，吹个小星星。后来，消瘦的音乐老师有了身孕，面庞红扑扑的，我们看她平坦的小腹渐渐隆起，但每隔三天上音乐课，难以察觉肚子的变化，临近期末，才惊觉她的肚子已有高山西瓜那么大了。音乐老师左手扶住疲乏支撑腹部的腰，对我们越来越严厉，她规定期末考核口琴独奏，我再也不能滥竽充数了。吹吹吹吹吹，吹个小星星，我闭着眼，摇摆着我的身躯，我蹩脚的音乐像一条小小低浅的河，驮着我流向败落的河沥镇。忽然，瘦音乐老师请假生产，学校临时调来一位胖音乐老师，与我们说话和和气气的，独奏小星星也成了自由选择的事。胖老师一头乌黑的长发垂落在背后，有时也用黑色皮筋扎成马尾，但往往那样散落着。

她是会弹钢琴的女人。我偶然出逃，窥见胖老师一个人在音乐教室，嘴上叼着一支绿豆棒冰，她的手指涂抹有红酒渍般的指甲，跳跃地按着钢琴键。她的冰棒有节奏地融化着，绿色的水珠从她丰腴的口角坠溅到毛坯地坪上，所以钢琴曲时断时续，她需要腾出一只手，不时调整她嘴里的棒冰。她会发出心满意足的咝咝声，往后，每当我吹口琴需要吸气时，就想起她吃棒冰的模样。她的冰棒是圆形的，我的口琴也是。这是一种联系，我深谙此道，人赋予事物以联系，这种联系只能被遗忘，但再也无法抹去了。

为了求证这一观点，我读了许多哲学史。莎士比亚戏剧所罗列的女性形象，时常由一扇吱嘎木门打开，走进一个瘦削易怒的女人，一个清晰、长着一双小鹿眼睛的女孩，还有一支棒冰和一个吃掉棒冰的女人。湖心浪游着的深邃因为石块的介入，涟漪缓慢传达，引出一场暴雨。那个木门的交合处难道不用上一点润滑剂吗？它总是"吱呀"一声的打开，我的国光口琴。

卡车经过时

大卡车总是在深夜惊扰我进入睡眠。它们乘马路空旷，一辆接着一辆飞驰。卡车富有金属质感的外壳路过我家门前的小小沟壑时，敲锣鼓一样时吵时静。等待下一辆车到来的空隙是宁静的。这结结实实地提醒我小说中的场景，那是我废弃的长篇小说《想象一天夜晚》的开头：夜晚比白天更繁忙，尤其是凌晨三点，"哐当"的车一辆接着一辆。

柏油路上照着米色月光和昏黄的路灯。学林街凌晨的街景也是这样，只是那里树叶繁密，梧桐树叶遮挡住了路灯的颜色。这类场景的想象惯于被安置在理工大学附近。大三时我租住在校外，一天猫走丢了。我骑着自行车在理工大学附近找猫，校园门禁以后，琥珀的街色默默。我与早早漂泊广东的室友有过一次通话，那次是在理工大学的操场上。后来我所反复经历的那一段路，成了记忆最鲜明之处。我也曾长期往返于计量大学的东西校区，道路两旁种满了腥臭的草，还需经过一条干涸的小溪，住着一窝从不吠人的德国黑背。

经过漆黑的桥廊底下，龟背竹旺盛生长，从半坡长到了人行路面。腰力好的学生侧着身子就经过了。另一些人如我，一脚从人行道跳到非机动车道上去。唉，龟背竹，你怎么样了？边上就是环保署，幸亏他们无所作为，你才能长得这么好。他们连路也修补不平，怎么会管龟背竹呢？我离开以后，希望你能早日长遍所有地方。

公园总是隐藏在小径深处。这些小径在人行道边开了一个口子，蜿蜒其上。新生是不大敢走的，往里走却别有天地。我在大学城生活了四年，所去的公园实在没有几个，但每到一处，都想静静地坐在草地上。我也想晚上去公园里亲嘴，可惜从没有实现梦想。一是没有人陪。按说一个人也可以出发，呱呱嘴当作自己亲自己。那天我走在学校西侧的公园，长石凳上坐满了亲吻的情侣。他们不看我，我也不知道眼神何处安放，后来便不去了。二是听信了一些传闻，说公园里频频发生现实案件，盲流子在公园里行军打仗，舞刀弄剑。还有一些树荫间的婴儿啜泣等玄学事件。传的人多了，现实主义案件也充满了玄学色彩，冷兵器被描述成怪异的砌砖刀。现在我长大了，发觉这些都是无稽之谈。大概是亲嘴的男女们造出的谣言。

我认识了一个北方的独生女。

她寄居在姑姑家，想要嫁给我，以后在杭州落户。落完户口，她残酷地宣布，要与北方的父母彻底决裂，不相往来。

这个陈述让我明白，一旦事成，我再也不用面对她的父母了。虽然初听失去了拜访岳父岳母的探险般的经历，可仔细想想，好像也算不得什么损失。我与她那可怜的素未谋面的父母——看看你的女儿落到了哪个人的手掌心——哐当——所幸，她只是短暂的青春期躁动。她很快反应过来，哪儿哪儿还是北方好，南方总是天热，无法穿貂皮大衣。

她的念头激起了我的想法，我自命不凡，尤其爱做和世界格格不入的事——仲尼颁布了小说与散文的界限——那我为什么不去海南卖貂皮大衣呢？就像我自以为严肃的写作，组织语言构筑那些没有人读的小说，难道不像是在海南卖貂皮大衣吗——

为了不着痕迹地宣扬自己，我可能需要写一本自传，前边铺垫无关紧要的东西，只是为了表达我的荣誉，还有我的隐痛。隐痛是我本可以变成一个优秀学生，几乎只有这个总是旷课的人做到了。老师们松了口气，幸好这个家伙没有得逞，不然真说明我们教的课没有了用处。话一旦说多了，人就像极了祥林嫂。自传是我的《祝福》。但我是个懒汉，再也无法写出不入流的劳什子了。

我与那片已不再联系的土地还有着奄奄一息的关联。只要我想，思绪总是能立刻身临在那片糟糕的土地上。穿着热裤的篮球女学生，踢足球她们也是一把好手。我在操场上散步那会儿，两个黑人留学生因为足球的事推搡起来。女学生则远远站在一旁，战栗地看他们搏斗。你站在操场上看打架，看打架的人在树荫下看你。这些女学生是运动健儿，高挑的身材，眼神大多是高傲的。腿又长又细，蹬起三轮车来一定很稳健。但她却以为我与她们一样，也是一个篮球家，她指着我的篮球鞋，和我谈论什么篮球队。我支支吾吾地跑开了。后来，我再也没能遇见一个穿热裤的篮球家。

谈恋爱的事也是这样。事与愿违。我肄业很久了，觉察老之将至。意识回溯，躺在竹席上。卡车，卡车。它们一再提醒我，每当经过川流时，正如卡车一样向前流逝着，所抓住的只有轰鸣和长久的宁静。我周围的包裹，空气，岁，月，正在流逝。龟背竹，那一窝黑背可能已经长大或者变老了。卡车，卡车。

我枕在手上，允许卡车经过。

身　份

吐泡泡，那感觉真让我触电。她就让椭圆形的泡泡黏附在瘦削的手上，她的手掌轻微抖动，泡泡也随之颤动着，她一遍遍重复动作，肥皂泡在阳光底下泛着彩色。吐泡泡的是一位十八九岁的女演员。她站在梳妆镜侧边，无所事事地伸手往唇珠上涂着肥皂水，与另一群身体僵硬的奇装异服的年轻人擦肩而过。

我在影视城过了几年理想中的日子，但生活如同水中编织的倒影，总处在摄像机的监视之下。我记不得确切的年份，夏末和初春也像是同一回事，如果有需要，我可以一直生活在夏季里。就这样，我越来越无法分辨演戏和真实生活的界限。要吃饭，就要忍受工作的副作用。至少这里的生活轻松而且准确：抛弃自己的感受，饰演另一个角色；尝试进入另一个人的内心，来换取生活必需品。

通常是下午四点，琐事会打一个结。三条古装街在停止拍摄后，会有一次透气的间隙。人群徐缓四散。神色威严的中年人经由搀扶，从导演凳上起身；穿着仙鹤补子的臣官，和身着飞鱼服的东厂特务勾搭着肩膀，坐在大排档里喝啤酒。身材结实的乞丐，衣服像是碎叶子补缀的，品评着宫女们的身材。套着黑色围裙的服务生时不时用手背在鼻孔下揩拭，弓着腰，扣着一顶染上油污的鸭舌帽。

这样的日子让人不再需要逃离。你无法找出需要逃避的理由：学校、医院、超市、影院、服装……我留意观察聚光灯旁的各色身影，我想，人过完这辈子就算屎了，到底还需要什么？

这些人填充作了我灰白世界的严谨齿轮。那只是我在一慌神时所意识到的事。往常我在规定的时间里吃饭，甚至意识不到自己的进食活动，也意识不到官员和乞丐同桌，而现代人为他们端盘子是怪异的事。只是—— 一慌神，世界好像有些难以言说地错位了。

慌神的原因，是我弄乱了即将行进的剧本。

我每日轧戏，一天之中在数个角色里穿梭。只要有得忙，人就像是有了飞黄腾达的希望。扎着两个冲天辫的场务匆忙将剧本塞到我手上，我问她，前天那个络腮胡场务呢。她说他的钱包被割了。皮包和工作有什么关联，我不知道，也不想探究。其实我的问话含有深意，但只是语调平静温和地责问：她原本负责分发饮料，第一次送剧本，竟忘记了装订。我暗示这份工作，她远没有络腮胡做得好。她也像是发现了疏漏，所以灰色围巾遮面，快步跑开了，以免听我抱怨装订的事。

手上的一沓纸，写着我在用餐外所承受的各类角色，但页码不对。页码全乱套了；本想糊弄过去，可它们错得太离谱：有人用绿色染料油漆秃山，以省去植树的烦恼；前一刻受人簇拥的英雄，下一刻被口诛笔伐的棍棒所打倒。"喂！"我朝她的背影大声喊，扬着手上的这一沓白纸，"剧本错了！"

周围的人都停下动作，看看我，便又低头顾着自己的事。几个人问我："哪儿错了？"

我向他们转述，装作诗人那样地解释道：就像一首和谐的曲子，总是时不时地中止或被突兀的力量所打断。他们龇牙咧嘴地笑了，说，这叫什么比喻？你可真文艺，还好，我们的剧本没有坏。

因为剧本的缘故，我被一贯平静流淌的生活暂时抛弃。往日精密编织的生活显得破绽百出，将我围困起来，我闭上眼睛，斜靠着仿城墙，从眼缝里沉湎于世界的脱节和错位及乏味之中。我满意地点点头，手指触摸过那些黑色的文字。灰色的洪流之中，她呈现出了反常的粉红色一面，反复地试着向我推销一种音乐。音乐是人类万能的语言，人类的情感凭借这种被淡忘的渠道能够向任何心灵表述。她的眼神告诉我一种蓝色的音乐。淡蓝色、坚硬如铁的蓝色以及海洋的深蓝令人沉醉，很快吞噬了我这座小舟，但又轻快地像是一阵微风般将我托起，抚慰我，抚慰我铅字排列出的那个荒诞世界：爱丽丝蓝、矢车菊蓝、丹宁布色、道奇蓝、靛青色、国际奇连蓝、薰衣草色、午夜蓝、海军蓝、普鲁士蓝、皇室蓝、青玉色、钢青色、群青色、浅蓝色、湖蓝色。蓝色，是一种颜色，是三原色中的一员。抚慰我荒诞世界超出了铅字所能描述的范畴，现实有超越荒诞想象的巨大能力。周遭的噪音让整个世界轻轻地静默着，像海洋的深蓝色愿意把我送去缓缓延伸出的柔软沙滩。

我凝望着的，她的眼睛如同小蝴蝶扑动了一下彩色翅膀。那时她站在槐树的阴影下，浅浅露出胸口那乳白色的肌肤，我恍然感到她将邀请我跳一支舞。我只是这么想，但窘迫地回忆起我笨拙的肢体语言，便又想着如何回绝的事。倒是她挺立健康的肩膀平静地摆动着，让一阵更清新的风吹来，打翻那些树叶，给了一个失路人小心的怜悯。

为了和她说话，我在脑海里痛苦地搜索句子。我可怜的舌头变得僵硬，在口腔里转圈，舔了舔上颚粗糙的褶皱，隐隐扫过干燥的嘴唇和上牙齿的阴影部分。我感到我的下颌开始震动，像一台巨大的发动机，声带震动，在口腔山谷里引起共鸣，分成两个隐蔽的音节节奏来完成传递：Ni——你——我考虑着第一句该说的话，向她更靠近一步。

"你……你不用表演吗？"我只敢看向镜子里的女孩，她眼神焦虑地望着渐渐远去的人群，听见我的声音，也转向那面一人多高的梳妆镜。我们的眼神在镜中相遇了。多么漂亮，穿着清凉的吊带裙，透露新笋般的气息。

她左右看看，指了指自己，才确定我在和她说话。

"今天我例假来了。"她大方地说。

"例假？"

"那场戏没法拍了。本来他们让我下水。泡在水里。"

"噢⋯⋯"不远的泳池处，摄像机对准了五六个泡在水中嬉戏的青年男女，通透的波光点点的池面映照出游泳者的深色轮廓。她们在水中做作地尖叫着。她本该是其中一员。我懂了，我有些害羞地说："例假好。"

"你呢？"她看着我，"人都走光了，你没有下一场戏吗？"

我告诉她，我失手把剧本打乱了，现在剧本乱七八糟，僵尸说着英语台词，撒哈拉到处是湖泊，特务却爬到树上摘椰子。我找不到下一个正确的角色在哪里。

她点点头，说："是有些麻烦。这样的话，你的酬劳怎么办呢？"她轻轻地拍打着额头，眼神机敏地向上摆动，想和我说笑，但我笑不出来。

她走近我，接过剧本说："我会拼图，我帮你整理整理。试试看吧。"又说："反正现在的剧本，本身就是东拼西凑的。"

她把我的剧本一张张摊在水泥地面，双膝弯曲着蹲下，她的脚指甲是桃红色的，白嫩地挤在一起。透亮的天色提供着充足的光线，也照出她短斜的身影。她眯缝着眼睛，以便更好地看清瓢虫般的铅字，一根水皮管伏在地上，淙淙地往外涌着水，水浸润了梳妆镜的木质底部，呈现出深棕色。一会儿，把剧本原原本本地交还给我，说，好啦！你看看。

《明宫秘史》日期：2020 年 6 月 11 日下午 3 点。场次：三场一镜。地点：1 号仿明宫御花园。噢！谢谢！我抬头看着她说。原来我的下一个身份，是扮演明朝小太监，提着裙裤和宫娥打闹。我有些不好意思，不知道她是否看清内容，不过又安慰自己，扮太监也没什么，不做不食嘛。人是铁，饭是钢。这只不过是扮演。说服自己后，脸上的红色才渐渐褪去。

"对吗？整理得对不对？"她问，"你现在要去哪儿？"

我告诉她，我即将进入一个宦官身份。明朝的。她眼睛发着光，兴奋地问，是王振吗？还是魏忠贤？我说，不，就算是郑和，我也不喜欢。不过，不做不食嘛。她重重地点着头，表示同意。鼓励我说，她曾经唯一受到的表演教育，就来自斯坦尼斯拉夫的《演员的自我修养》，你要全身心地信任你的角色，并感到你的身份与之一般无二。这是她唯一能给我的专业提醒。

我匆匆地赶往一号古装街，那时她仍旧站在距离泳池不远的地方，望着赤身的男女。天色蓝蓝地被涂抹过，一号街离城门最近。我提着裙裤，佯装高兴地同那个面庞瘦弱的宫娥扑着蝴蝶，追逐流水。摄像机并不对准我，它聚焦着妃子与皇上的爱情，而我只是充当春天的底色。我心里想着那根皮管子，还有梳妆镜，还有那个在镜子后边吹泡泡的女人。皮管大概冲灌完泳池的水，就交给她看管。她大概还站在那里，累了就倚靠在梳妆镜旁。我扑着蝶，感到她的日子也很枯燥无聊。这么想着，心里忽然好过多了。

往后我将继续着我的生活。在树林间扮演特种兵的那些日子，我常常一连几次跟不上队伍的身影。第三天，他们把我调去了田庄，将我的脸抹成灰褐色，扮作一个老实淳朴的长工。我挥舞着锄头，埋没在身边麻木挥锄的人群当中，在第三分钟十七秒时，我们围坐在树荫底下喝凉茶，我吐出喝进嘴里的茶叶，需要赞叹一个姑娘的姿态，指着一个出嫁的正在轿上的姑娘，说出我唯一的台词：那是谁家的姑娘？

那是我的吐泡泡女孩，她穿着大红色绸衣，戴着闪闪的银饰，头发挽成一个髻，在轿上颠簸。但长工们一脸惊讶地看着我，由其中一个瘦削龅牙者说，这你不知道？那是隔壁田庄主人的女儿，现在要嫁过来啦。镜头切换，我成为背景，成为这片绿色农田上的多余物，摄像紧跟着她美丽青春的神情。

类似的相遇还有很多次。我有时是一个山沟里的牧童，打听着她，那位美丽的俏娘子，却被伙伴塞了一嘴稻草；或是一个乡村牙医，静静地听着别人谈论对她的艳美。相距最近的那一次，我扮作一个土匪，我的泡泡女孩，化妆师给我剃了一个青皮脑袋，还往我的胸口画了一条刀疤。看着吧！我将披上兽皮短袖，我们现在要来抢亲啦！但大当家竟然吩咐我在门口放风，我和她甚至连面都没见着。像我这样平平无奇的人——他们说，早就该把你撤换了，演什么土匪呀？你站在门口的样子萎靡不振、飘忽不定……

真希望时间能过得再快一些，我尽量避免思索，就像她唯一叮嘱我的话，投入到一个又一个的身份里去，我扮演过旅客、牙医、食客、黄包车夫、佞臣……这些身份看上去各异，实质上却是同一个看客，因为我无需多言……我只是静静地看着她，看着事情的发生……身份，我感到日子在匍匐前进……

1946 年 3 月 17 日，国共谈判破裂。以蒋介石为首的国民党反动派公然撕毁和平条约，我党一批国际援助药物被国军截获并运藏在绥远省绥远山的山洞中。针对国民党反动派在"四一六"会议上的决议，国军拒绝交出药品，及时找到药物运输地图成了当务之急，我军当即决定，启用我方潜伏在敌军中的特务"哥特玫瑰"，这项行动被称之为"亮剑行动"……

这是我在几月后所参与的一部剧本，我对时间关心得不多，大概是三个月后。对剧本知道得也不多。那时正好是夏末泛凉的一个下午，他们为我准备了一套灰色起球的中山装，码数略大一些。我套在中山装里，慢慢地走着，路过灯火明亮的商店和教堂，一个居民区，造着低矮的砖瓦房，四周是一片甜菜地。之前我扮演长工，就在那块地里开垦，那时正好是甜菜的播种期，她走在山坡上时，我们低头播撒甜菜种子。也许过一些时间，再扮农民，就可以收获甜菜了。

那座院落里人头攒动，哦！我认出了她。不由得心里一怔……我从没想过今天会遇见她，以面对面的方式。我只认识她一个人。那天，她躲在镜子后面，往唇珠上涂着肥皂水，小心地吐出一个透明的完整的泡泡。她手捧着泡泡，慢慢又将肥皂泡吹到地上。

剧本设定在黄昏，一所小院子的绿枣树底下。

我朝她眨着眼睛：喂！是我。再趁盯梢的摄像头不备时，做出一个秘密的鬼脸：喂，是我啊——

哦，原来是身份。她表现出冷冷的神情，再也不是那个吹泡泡的女人了，现在，她是一个地下党。而我，是穿着灰色制服的国民党一员。我是一个功能性人物，作用是替她保管去往密室的地图。我的作用是成为一粒灰尘。

"第一场一镜，开始！"场记板打响。

趁我尚未开口，她威风凛凛地掏出黑漆漆的手枪，对准一个穿着灰色制服的国民党员。我看见，短短的枪管里什么也看不见。她扣动扳机，我配合地叫道："啊——你是——共——共——"应声倒地。胸口流出红色液体。

她冷酷地收好枪，靠近灰色的倒地男人。在他身上摸索了一阵。是地图，男人把它藏在左边裤兜里，上面写着：迪拜到处都是湖泊，特务爬上到树上摘椰子。她摸索了很久，摸得有些急。最后找到了那张发黄的纸片。

我借机偷偷睁开眼，对她眨眨左眼：喂！是我呀。地下党发现灰衣男子还没有死透，吓了一跳，迅速从怀中掏出自动手枪来，将他再次击毙了。她想不起自己吐泡泡的时候了吗？也许她那时也正好处在剧本的空档期。我牢牢紧闭着眼睛，听她带着纸片的脚步渐渐走远了，聚光灯仍然让我感到前路一边光明。我反复地回忆着她：她掏出手枪将我击毙时，神情干脆利落，我躺在地上，微笑着想：小女孩再也不像从前那样好骗了。

我一天之中在多个角色里穿梭。我闭上眼睛就能绘制出影城的样子：立方体，平面化，三条古装街与两条民国老街交叉，六个交叉点。我抖搂着衣服，趁众人不注意，从小院回去时，穿过教堂和交通干线，环绕着市政府和仿工业区，甚至从甜菜地里穿过。零星的灯泡照亮影城局部可观，仿明宫占地十亩，用色多用朱红色，侧边的浣衣局空闲时，也承接演员的妆容需要。民国老街是最长的，甚至配上了有轨电车，绕着交通干线回弯。我走在甜菜地里，想要尽量客观地、立体地构建影城，但影城的一切却愈发显得平面而单薄。我灰色外套上的血渍和甜菜汁一个颜色，甜菜汁是很好的血包原料。

再见小朋友

再见小朋友

今天下午，我们把低年级的学生带到一个新教室里。在做好安排以前，他们叽叽喳喳闹起来，我们只好让他们自己挑位置坐。

其中两位，坐在一组第四五张桌子的位置，挤眉弄眼地嬉笑着。一个剃着青皮脑袋，一个挂着一根纤细的辫子。

朱老师从后门走进来了，嘴上说：

"你们在搞什么？现在连随便坐位置都不会了？"

教室里一下静了。等朱老师站在讲台上，扫视底下一眼，指着某某某说：

"某某某，你不要和别人坐，你自己坐到最后一个位置去。"

我看见第一组第四张位置的那个青皮脑袋动了一下，接着掳走了抽屉里的一只青色环保袋（里面装着一本杂志，一个本子，一支削了双头的铅笔）。我走上前去，他走向后面。我觉得朱老师的做法有些莽撞，很不妥，但我不好当众驳斥了老师的面子。

我摸了摸青皮头湿热的后背，我说："好，这样吧，坐这里。"我把他的位置朝外边挪动了一下，借此作为我小小的反抗。他照着我安排的位置坐下来，嘴上小声地说：

"朱老师叫我坐里面……"

我有些生气地说：

"不要紧，就坐这里。"

我在他身边的位置坐下来，隔了五分钟，我被叫出教室，半个小时后再回来时，朱老师已经走了。但余威还在，教室里不吵不闹。

那个青皮头在我进门之前，手里鼓捣着一个红色的玩具。看见我的影子，立刻把那劳什子扔进抽屉，接着在簿子上继续组词。

我在他身边坐下，伸出手摸摸他汗津津的青皮头。他眼睛受惊地一闭，脖子一缩，慢慢地恢复了松懈状。我又安抚他的后背，依然一股汗津津的手感。

"这是在做什么作业？"

他的声音听着不够清脆，说：

"我在煮词。很麻烦的，煮很久了。"

"噢。"我拍拍他的肩膀。看见一个"飞"——"飞行"。

他见我正在检查他的作业，马上把本子收起来，塞进绿色环保袋里。接着拿出一本杂志。他圆溜溜的眼睛看看我，问：

"老师，你要看吗？杂志很有趣。"

对我说：

"猫把屁股对着你，就是喜欢你。"

"蟑螂从来不吃黄瓜。"

"电鳗……"

他安静地看了一会儿。我也拿着厚厚的一本《世界简史》读。但我的注意力没法集中。我看到身边的那个青皮脑袋，心想：他一定还不知道现在的这个世界到底是怎么样的。我打算给他讲一讲这个世界的起源和变化，我脑子里过了一遍，想：闪米特人建立了一个什么王朝？牧人王朝？

我把书翻到扉页递给他，我说：

"你叫什么名字？写一写。"

"写这里？"

"嗯，就写这里。"

他还不知道，书的扉页是不能乱写名字的，写了名字这书就跟定你了。但我打算把这本书送给他，上面留下我的联系方式，等他能看懂了，说不定还会来找我。他毫不犹豫地写了下来：杨腾凯。

我说：

"噢，杨腾凯。"

"嗯。"

我陪他一起阅读那本科学杂志。科学杂志用十分浅显的科学现象来让这些孩子认识这个世界。他们已经开始感受这个世界了，比如会期待家里的猫咪用屁股对着他们的脸。

但他们对这些科学现象也获得了错误的接收。比如，他指着电鳗，对我说："蛇。"接着，水灵灵的眼睛盯着我看。

"电鳗。"我指着那两个字，对他笑笑。

他不作声。

一会儿，他把科学杂志竖起来看。我看见了桌上的一行字，眼眶立马温热了。桌上有一排大小不一、往右上方斜的字，写道：我不是牛，我是人，我是人，我不是牛。

我忍住了自己的情绪，问杨腾凯：

"你以前也在这个班级吗？"

"嗯。"

"坐这个位置？"

"不是。"

"这个位置是谁坐的？"

"我不知道。"

"你不是这个班的吗？"

"好像是……赵君幻。"

"赵君幻？怎么写？"

他在纸上写了一个"赵"字，说："我只会写赵。"

赵君幻是我音译而来的名字。但我眼前浮现出她的模样：矮矮瘦瘦，头发枯黄蓬乱，瘦削的脸上挂着愤世嫉俗的表情。她矮矮的，却被分配到最后一排，可能因为看不见，就再也不听数学课了。这样一来，数学考试以后，朱老师就会对她喊道：

"真是一头牛，一头牛。"她把头埋到了臂弯里，不说话。我甚至能看见赵君幻洗褪色的粉红短袖上起了毛球。

"你数学不好吧？"我问杨腾凯。

"嗯……还好。"

边上的同学问我："你怎么知道杨腾凯数学不好啊？"我说，朱老师不是教你们数学吗？

他装作没有听见，继续翻科学杂志，我看到一篇写玛雅星球的报道。雅玛星球？把杂志拿来一看，写的是玛雅人为了抵御一颗朝地球飞来的巨大陨星，动用了核武器，打碎了陨星，自己一族也同归于尽了。一旁杨腾凯还在不停地给我做讲解：

"这个……那个，以前，有一个巨大的星球……"

我得意地笑起来，说，这个太扯了，我在《世界简史》上刚看完玛雅人的历史。我给他说起了地球上的玛雅人，没有核武器的那些玛雅人。他听了听，插嘴问我：

"老师，那你怎么知道两本书哪本是真，哪本是假呢？"他质疑我时，声音轻若蚊喃。

看完后，发现文末有注释，那是某本科幻小说的节选。

杂志名叫《十万个为啥》，一看，是东北的杂志社。定价八块钱。我说："这是你买的书？"

他嗯嗯啊啊了一阵，扭扭捏捏地说不清。这时前座转过来一颗脑袋，原来是先前第一组第五个的小辫子。小辫子说：

"这是送的！"

杨腾凯看到小辫子，高兴地笑起来，说：

"王叶华，你怎么来了。"

小辫子假装不在乎地说：

"我看老师不在，就过来了。"

杂志原来是奖状换的，班里还有一位姓陈的语文老师，很有人文素养，做了规定，十张奖状可以换一本杂志。

小辫子说："我们明天交换杂志吧，你用两本换我一本。"

杨腾凯说："为什么！"

小辫子说："你的杂志都翻破了。"

杨腾凯支支吾吾了一阵，意思是杂志外面破了，里面并没破。

我们在那本破杂志上停留了许久。里面有一张复杂的迷宫，就耗费将近十分钟，但还是没能走出去。

我觉得有些乏味，他大概看出我的情绪，对我说："老师，我要不抄抄上面的句子吧？"

"这是你们的作业吗？"

"是……不是……"

他从袋中掏出本子，翻到最后一页，握着笔等我的命令。我能感觉到，这种抄写并不是出于他的爱好，也不是出于他的学习兴趣，而是为了向我示好。我找了找，看到杂志里有一篇关于古道尔的文章，我说，你抄这个吧。他皱眉看了一眼，好像压力很大。我问："这第一句话看懂了吗？"

我的手指在杂志上划过去，对他念了一遍。"古道尔在非洲和野生动物亲密接触，这是她从小就有的梦想。"

他跟着我念了一遍。我问："你能看懂第一句话吗？"他犹豫了一会儿，说不能。我说："你知道非洲吗？"他说，我知道，是一个很远很远的地方。

我对杨腾凯说，你还是做作业吧，数学作业带了吗？我教你数学，以后不要再被朱老师骂了。

他尴尬地笑笑，继续拿着那本薄薄的本子。我说数学作业呢？他好像担心被责骂，撒谎说："没有数学作业。"小辫子立刻转身辟谣："杨腾凯又在骗人。"

我翻开他的本子，想看看他的组词作业。他却扭扭捏捏地躲闪着。他说，不好看的，不好看的。我强行要看，但看了之后，觉得字真的不怎么样，词组得也不好。比如黄，组了个"黄人"。不知所谓何物。我夸道：多么漂亮的字！

前后左右闻声都要来看，他着急地把本子捂上。

最后，我抚摸着他湿热的背脊，和他继续翻着那本破杂志。他对着一幅星空图看了很久。

"你妈妈呢？"

"嗯？"

"你爸爸妈妈呢？"

"我爸爸在丽水打工。我妈妈在惊云街（音译）工作。"

他高兴地和我说：

"我妈妈有时候会接我去惊云街玩，这个暑假我还准备再去一趟惊云街。"

"我爸爸马上要回来了，在家里，我就和他住。"

小辫子转身辟谣："杨腾凯又撒谎了，你明明寄宿在朱老师家里。"

我诧异地看了杨腾凯一眼，问他，他支支吾吾了半天。我便问小辫子，杨腾凯住在朱老师家里吗？

小辫子说："嗯，杨腾凯住在朱老师家里。"

我说："那怎么朱老师对你这么凶？"杨腾凯说："我也不知道。"

杨腾凯接着说她的妈妈，说惊云街。我说："惊云街在哪里？在缙云县吗？"

杨腾凯说："我也不知道，就在出校门的那条路上，一直往前前前前前前前……"

他说了无限不循环个"前"字。

最后，下午的课结束了。我搭着他的肩膀，和他一起走出教室门。他问我："老师，你明天还来吗？"我说，来，你出校门要小心。他说，嗯，老师，你也要小心。

在他走出校门的那段路上，回头看了我许多次。我想，我才刚认识他，我想，他已经很喜欢我了，我也很喜欢他。他纯粹像是一朵干净的云，可他却不被允许和别人坐一起。我想，最好他快点长大，自己能住到他喜欢的惊云街上去。或者他永远也长不大，而我永远也不会走。

无需回应之歌

我正在看《如是我闻》文集，一本无聊的书。朱怡欢转身抽掉了我书里的一角钱纸币，盖在眼睛上，看着外面的阳光。

"这是什么东西？"

"书签。"我说。

她坏坏地笑起来，斜视了我一眼。

"骗人，才不是书签呢。是钱，是早先的一角纸币，我有真正的书签。"

她伸手从鼓鼓的文件袋里找出一枚红色的长条形书签，模样丑陋。正面印着一只阿狸，写着"想念你"。她把这枚书签递给我。

"送给我？"

她点点头。

我看了一眼，又把这枚书签塞回她的手里，说：

"写上你的名字，再送给我吧。"

她理解了我的意思，咧嘴笑起来，露出两颗好看的大虎牙。我说："你有笔吗？"她点点头，从隔壁桌上拿起一支笔。边上的小男孩要抢回来，被她打了一巴掌。我等了几分钟，瞄了几眼书，书上说："仅仅沉溺于自身的日常生活的话，只能写出日记一样的东西来。"还有一堆骂人的名词，但是译者很呆萌，译成"孩子王""土霸头""蠢人"。太宰治写到此处已气煞了，译者却译成这种软绵绵的词。我想，要是我翻译，我就译成"有机化肥""地头蛇""傻驴"。

"你写作业的时候开小差了吗？"她握着笔，捏着书签，抻在胳膊上看我。

"是呀。"

"拿来，给我看。"她笑起来，从我手里抢走了那本书，颠倒着看了一会儿，说："你不准写作业。"

"为什么？"

"因为，"她乌溜溜的大眼睛盯着天花板，想了想，说："因为你是老师呀！"

我朝她伸手，想拿走那支红色书签。她看了看自己留在书签上的画作后，抬头挺胸递给了我，像抛洒甘露的孩子王。书签背面一笔一画地写上了她的名字，名字底下画着一个小女孩。画上的人辫子又黑又翘，和朱怡欢自己的辫子一个样，只是她自己的辫子要更黑更翘一些。嘴巴是一个"V"字，眼睛是两个黑点。

和朱怡欢一样，画上的人穿着黑色的连衣裙。

"这是你？"我问。

"你猜。"她嘴含微笑，眼睛眨着。

下午我们挨了一节课。她打了三个长长的哈欠，小嘴张得圆圆的，用手背擦了擦。大屏幕上放着湖南电视台的综艺节目。朱怡欢说：

"不好看，我早就看过一遍了。"

"那你困吗？是不是想睡觉了？"

她闭着眼睛摇摇头。电风扇的响声"嗡嗡嗡"的。她小手伸过来，捏了捏我的脸，像往常下课时，其他小女孩捏我脸一样。我也捏了捏她的脸，她笑起来，瞪大眼睛，咬牙切齿地看着我。我也咬牙切齿，移动着下颚看着她。

"为什么没有做鬼脸课？"她不解地问我。

"因为没有老师会做鬼脸呀。"

"那我会做鬼脸。"

朱怡欢说完，朝我翻白眼，吐舌头。还用手推着自己的鼻子，学猪八戒。她推鼻子时很用力，连嘴唇也被拉扯了上去。

我哈哈笑起来，她就放下手，得意地看着我。她问：

"厉害吧，下节是什么课呀？"

"下节课你们就回去啦。"

"那下节课就是'回去课'！"

我笑眯眯地看着她，不说话。在我的注视中，她继续开发着她的鬼脸课程。

她稚嫩的小手趁机抓住了我的食指，接着又张开自己的手掌，放进了我的手心里。就像大套娃与小套娃。

她的男同桌也想和我比手的大小，但还没够着我，就被朱怡欢一把推开了。挥手的时候留有微风。她握住了我的半个手掌，咯咯咯地笑起来。我说："朱怡欢又在傻笑什么呢？"

她朝我斜眼，说：

"你才傻笑呢。"

"你等会儿会送我回家吧？"她问我。

"你妈妈会来接你的。"

"不会来接我的。"她有些着急，嘴唇抿成两条线上翘着，眉头也皱了起来。

"会的。她上午就来接你了。"

她低头沉思了一会儿，说：

"那你把我送到学校门口，好吗？"

"好的。"

她总算笑了。

放学的时候，我牵着她的手，和她站在学校门口，等她的妈妈。日头很晒，影子很短。等了一会儿，不见人。朱怡欢说，你看吧，我就说不会来接。她拉着我，要回家。她问我："能把你带回家吗？"我说："可以。"

我的影子罩住了她，背后却传来一声"朱怡欢"。她假装没有听见。我点了点她的肩膀，她懊丧地叹了一口气，走回校门，上了她妈妈的电瓶车。

"你有剪纸吗？"她抱着妈妈的水桶腰，问我。

"跟老师说拜拜。"她妈妈说。

"拜拜。"她朝我挥挥手，说。

"没有剪纸，拜拜。"我说。

第二天我们讨论了属相问题。我告诉她，我是属老鼠的。她仍然咬牙切齿地看着我，让我莫名其妙。我说，怎么了？她脸上没有绷住，"扑哧"一下笑出来，说，没什么。我就明白了，她是属猪的。

我递给她一本软面抄，作为我们告别的礼物。软面抄上印着一个孤独的男孩和一只快乐的猪。好像是动画片《晴天小猪》。我在扉页写道："送给朱怡欢，希望你好好学习，快乐成长。"写完，发现布局有些不美观，便在右下角补画了一个猪鼻子。

她打开软面抄，以为我在和她开无聊的玩笑，于是抽出自己的黑笔，把扉页画得乱七八糟。然后就像回信那样，写道：

"你才是猪呢，你这个大笨猪。"

她写完后，忍不住偷笑起来。递给我说："呐，轮到你写了。"

我写道："我不是猪，朱怡欢姓朱，才是猪呢。"

朱怡欢看到本子上的回信，愣了一会儿，我正为自己的妙语连珠暗自叫好。她就开始刷刷刷地写起了回信。一会儿拿给我看，写道："我这个朱是这个朱，不是这个猪。你才是个大笨猪。"

她重新递给我，样子骄傲又无邪地笑起来。我回复："好吧，我是猪。"

她把那几个字仔仔细细看了好几遍，问我："你说你是猪，对吗？"我点点头，她便立刻叽叽喳喳地笑了，眼睛弯弯的，好像天上清瘦的月亮。

她的嘴翘得很厉害，说："我才不跟你说话呢，我要写给你。"

本子上写道：你认输了吗？

她问我：你认输了吗？我写道：我认输了。

她又问了我一遍："你真的认输了吗。"然后，高兴地跳起来，说："那你输给我了。"我一定要认输的。就像高大挺拔的圣诞树，在最晴朗无风的时刻，也会因为线条的微风而摇摆起来。就像天上的白云映衬着他们那栋蓝色的教学楼。我说："多么像宫崎骏的漫画世界啊。"她抬起脑袋，辫子垂垂下来，"嗯"地应答着。我们几乎同时低下头，对视笑了一眼。她便以为我在笑她，笑她还是个孩子。所以只许她笑，不许我笑，她鼓着腮帮子打了我一拳。就像缓缓上升的电梯到达顶部，轻缓而轻缓地降落在我的胳膊上。

"你会把我送回去吗，今天？"

"你妈妈会来接你的。"

　　她的眼神像电压不稳的电流，闪烁一下，然后斜视我。她从来没有向我撒过娇，朱怡欢天生就不会撒娇。她只会打人、咬你。她气鼓鼓的，但从来没有就这件事对我表示不满。就像去买冰棒的那次，一群孩子簇拥着我，我只买够了十五支冰棒，朱怡欢没有分到。她看看别人，然后抬头看我，偷笑起来。她在自己细嫩的臂膀上留下了一个红红的口水印。我甚至想为此写一首诗。但诗人最痛恨没有诗人气质的人写诗，搞不好还会把我臭骂一顿。我要写只能这样写：睡吧，睡吧，我亲爱的朱怡欢。希望明年学校会贴上一层厚厚的窗户纸，在你睡觉的时候，整个教室都会进入夜晚。或者东西半球颠倒了位置。可是你整天整天地睡着，那美国人民就永远失去了黑夜呀。

　　直到告别那天，她穿上了表演用的报纸婚纱，嘴唇因为涂上了口红而不敢说话。我叫她的名字，"朱怡欢！"她笑着看了我一眼，为了保护化得并不精致的妆容而面部僵硬。我寻找她的影子，她只好躲到老师的办公桌底下，露出半个眼睛看我。我也能看见她。最后她用那支用报纸做的魔法棒不断敲打着我的头发。

　　所有女老师都拉住她合影，和她拥抱。我应该知道，她们并没有那么喜欢她，只要过上一段时间，她们连她翘起嘴生气的样子也会记不清楚。我问她，你会打电话给我的，对吗？她只是告诉我，我还没有电话呢。我送给她一本《瓦尔登湖》精装本，西西弗书店买的，价格昂贵，上面就留下了我的电话号码。我说，我还没有回去呢，杨腾凯就又给我打电话了。她着急地和我解释，她的妈妈还没有回家，她还没有电话可以打。我们就这样告别了，我的心里始终在给她讲那个童话故事的开头：

"魔镜魔镜，这个世上谁最美丽？"

"当然是您啦，皇后大人。但是，白雪公主她正在长大。"

阵 雨

下午两点五十分，天色变暗了，忽然落下了一阵大暴雨。

办公室的门也摇晃着。

我们出门去照看小鬼。他们在飘进雨的走廊上奔跑尖叫着。看见老师，野劲缩小了许多。我气沉丹田，喊道：

"都回去，快回教室去，雨太大了！"

他们不听我的话，个个笑得露出了洁白的牙齿。最近几天连续闷热，现在因这场雨，气温下降到了二十五摄氏度左右。雨势很猛，飘进走廊，我不得不眯着眼，驱赶孩子们。正搓着手臂上雨水的陈奂君看见了我，朝我慢悠悠地走过来，歪着脑袋站着。我说，快回去吧。

雨是突然就下的。起初飘泼，这下又变大了，成了盆泼。直到飘进来的雨丝变成了雨滴。他们才信了我的话，众人尖叫着跑起来。

我拉着陈奂君一起跑，经过楼梯口时，顺势躲进了楼梯拐角。嘴上骂道：我X，这么大的雨。

陈奂君看了我一眼，跟着我一起躲了进来。风猛烈地吹着我们，他把我缺乏教养的样子学得有模有样，手挡着眼睛说：

"我X，这么大的雨。"

我怎么能在孩子面前出言不逊。

我的衣服没有晒透，怕遇水有酸味。所以我怕雨。我待在楼道里，想着一些不着边际的事。一会儿，陈奂君觉得这个静悄悄的地方有些无聊，他不怕雨，甩着小辫子自己跑回去了。

等我冒着雨点跑进教室，小厮们已经严严实实地关紧了后门，还插上了锁闩。我把门敲得梆梆响，说："开门呐！"后门传来了男孩女孩的声音，问我："是谁呐！"我说我是陈老师！里边一阵不响了。我正要移步前门，后门却又忽然打开了。冒出一个胖胖的樊毅诚的脑袋。他眯着一双小眼问我：

"老丝，外面的雨好不好玩呀？"

我笑着说："好玩好玩。"

他便阻挡我进门，说："老丝，好玩你再去玩会儿呗。"

让我算算。这么一间小教室大概是二十平方米，塞进了二十来个孩子。临窗的同学关上了窗户，扣上了安全栓。前后门也关得严严实实的。这些个白白胖胖的小学生们哄闹不停，空气中弥漫着零食的味道，我就像是坐进了一屉包子里。

我坐在樊毅诚的边上擦水。樊毅诚是一个表情丰富的小胖墩，说话喜欢咬舌头。第一天自我介绍，他站起来说："大 zia 好，我叫樊毅层。"我看了一下名单。我说，你不叫樊毅层，你叫樊毅诚。他红扑扑的脸上忍着笑，说："寺的，我叫樊毅层。"

阵雨的下午是自习课，他捧着两本课外书在炫耀。一本是《爱丽丝梦游仙境》，一本是张天翼的《宝葫芦的秘密》。我说："在看书呀，樊毅诚。"

他不理我。我拍拍他湿热的肩膀，他才"嗯"地答应一声，又立刻摇摇头，说："我不看苏。"

"为什么不看书？你不是有两本吗？"

"苏不好看。我不喜欢看。"

"那你喜欢干什么？"

"我不跟你讲。"他狡猾地一笑。

我摸着他肉乎乎的小脸，还有他弹性十足的双下巴，像用棒槌敲打了许久的面粉团子。他鼓捣了那两本书一会儿，把彩色的封面和封底仔仔细细地看了好几遍，之后寻找书里的插图。接着，从口袋里摸出一枚扁扁的皮卡丘吸铁石，把它夹在书中的某一页，要我找到。

"喂，你找出来。"

为什么樊毅诚不知道，书中多了一个东西，是会很容易翻到的呢？就像书签一样。比在楼梯口躲雨更无聊的游戏，他却拖着我玩了一遍又一遍，每一次都能发出惊叹。他指着我说："你你你……你怎么资道吸铁石在啧页？哇。"

"因为我是大学生。"

"大学生就知道了？"

外面的天闪过一道白色的光，响了一声巨雷，他夸张地瞪大了眼睛，颤抖了一下。雷声让他的思想产生了一个断带，我还没来得及回答，他就握着我的手臂，换了一个问题发问。

"喂，你喜欢哪个女老师啊？"他问。

"你喜欢哪个女老师呢？"我反问。

"我不喜欢女老师。"

"那我也不喜欢女老师。"

他一听，扭动着身子撒娇说："你先说，我再说。"我说，你扭起来真像一只蚕宝宝。他如听惊雷般瞪大眼睛惊恐地看着我，摇着我的手臂说："哎呀，你转移话题，快说。"

最终我还是让他先说了，我知道这个世界上的小学生都耐不住性子。我们约定好，他告诉我他的秘密，我就告诉他我的秘密。他说：

"你千万要保密！"

"我一定保密。"

"真的？"

"真的。"

他听我说完，上上下下扫了我一眼，说：

"看你穿着一条黑短裤，还有黑衣服（实际上是蓝色的），肯定不是什么好人。"

我假装生气地低下头，看起书来，说："那我就不听了。"

"好吧，我告诉你，我喜欢那个戴眼镜的。"

"有三个戴眼镜的呢。"我说。

"哎呀，就是那个，教我们做皮卡丘的手工课老师。"樊毅诚忍不住笑起来，眼如米线，鼻如蒜，嘴如舒淇的嘴。

他摇着我的胳膊，轮到我坦白了。我说，我喜欢所有的女老师。他对这个答案很不满意，问我：

"那你要把她们都娶回家了？"

"是的。"

他又如闻雷，想把眼睛瞪得像铜铃一般大，奈何眼睛生来就小，睁不开呀。他瘪着嘴，呜呜假哭，求我说：

"你不能把她们都娶回家。"

前面的两个女生笑嘻嘻地转过身来看我们。我抬头和她们对视了一眼，她们倒以为是自己在破坏课堂纪律了。两个女生里有一个是缺门牙的短发女生，另一个长发过肩，双颊饱满，瓷肌笑靥，陌生面孔，很好看。我用手指碰碰长发女生的肩膀。她转身，有些生气地看着我，但还是忍不住心里的笑意。我说：

"你叫什么名字？"

樊毅诚检举说："她是别人带过来玩的，没有报名参加上课。"

那个女生朝樊毅诚翻了一个白眼，樊毅诚再如闻惊雷。她说："要你管，多管闲事多吃屁！"骂完笑了。

我说，那你叫什么名字呢？老师要看看你的名字。她朝我翻了一个白眼，把正在做作业的本子封面给我看了一秒，叫"夏某某"。我说，我没有看清。她又朝我翻了一个白眼，转过身不再搭理我了。

"喂，老师，那个女生好不尊重你啊。"樊毅诚在一旁，试着煽风点火。

夏某某正在写作文。她瘦弱的身躯遮盖不了自己的本子，我稍微弓起身，便看到了。题目是《夏日景象》。文章说今天的天气很好，很美，阳光灿烂，万里无云。教室里都是辣条味，她却写周围花香四溢。我打开了教室后门，一是为了透气，二是为了让夏某某看看今天的夏日景象。风吹进来，那些埋头做作业的孩子如鸡舍里的鸡，听见响动，纷纷伸直脖子探看了一眼，又低头了。

"夏日景象"，我读道。女生听了，羞涩地笑着转头，嘟嘴皱眉盯着我。樊毅诚拍拍我的肩膀，说：

"喂，老师，那个女生好不尊重你啊。"

她把本子卷起来充作武器，要打樊毅诚，我看见了名字，原来是"夏丽研"。和夏丽研同坐的缺门牙咯咯咯笑起来。

我靠在后门边坐，看了一会儿雨势。屋檐雨坠如帘幕，台阶底下积着一个个小水洼，下水道处连漩涡也生长出来了。

我想，如果雨停了，我们就离开这个地方，那是十分入诗的："去住两无碍，人天争挽留。"

我坐回位置，樊毅诚问我：

"老师，你们什么时候回去啊？"

"没有多久了。"

"没有多久是多久？"

"就这么盼望我们走？"

夏丽研也转过来看我，待我要看她时，又倏忽转过去了。只留下笑的影子和轻盈的马尾辫。

"是啊，等你们回去了，我就不用来上课了。"樊毅诚一脸期待地说。

但我知道，他在口是心非。

我的同学，那个戴着眼镜的手工课老师走过来，瞪了我一眼，说："陈锦丞，叫你来管纪律的，你怎么带头说话？"

说完，伸手要摸樊毅诚的下巴。樊毅诚闪躲着说：

"别碰我，别碰我，你要干吗？"

我拍下了他的窘相。等女同学走了，便给他看。他哀求我，不要发朋友圈，否则女老师就再也不喜欢他了。可我又拍下了他哀求状的照片，样子更出糗。

阵雨持续不了多久。

我在雨停之后便离开樊毅诚了，还有坐在他前座，想笑却不笑的夏丽研。

回去的那天，天气真如夏丽研的《夏日景象》所写的。孩子们簇拥着老师，樊毅诚果然还是没有来。他不喜欢一大群人，我曾问他为什么，他说怕热，"人"伸张手臂就像"火"，人山人海就像火山火海，我还记得他的胸脯前总是汗湿了一大片，呈深色，像沾上了一片墨水。

我们继续走着，走出教学楼的时候，看见了鬼鬼祟祟的樊毅诚。他躲在过道里，一看见我们，就尖叫着跑开了。他期待我们会像以往一样，用猎豹的速度追上他，然后捏揉他胖胖的脸蛋和双下巴。但是我们拎着一袋袋行李，所有人都懒得动作。隔着老远，我叫他的名字：

"樊毅诚！"

"干吗？"他停下脚步，回头喊道。

"老师现在就要回杭州了，以后再来看你！"

他愣了一会儿，又笑起来，叫嚷道："不要啊，不要啊，不要来看我！"

说着，尖叫夹笑，跑进了无人的教室里。那里电风扇正在使劲地吹。我们盯着那个教室看，期待他像一条泥鳅一样冒出一个脑袋。教手工课的女同学叹了一口气说："好高冷的樊毅诚。"但我知道，他又口是心非了一次。这是我最后一次听到他撒谎了。

冷石头

从记事起，我就对周围的物和事充满怨气。我的奶奶告诉我，周岁时，宝宝坐在绸布上抓周：米筛、书、印章、笔墨、算盘；钱币、猪肉、木剑，一一整齐地摆好。喝水金色鸟衔在嘴里的小石头，掉在绸布上。我只捡了一块石子在手里。

忠心耿耿的阿爸上来抱走了我。他的金色头发像火苗一样蓬乱，大家都低声地笑着。

日子呼啸，我时常穿梭在东陵和西陵之间。石子向他们飞去，打在母鸡和蜜狗的身上。屋里的人在打电话，嗖——我将石子抹掉电话虚线，抹掉她的头绳，她一头漂染金黄的长发随着坠下的蓝色头绳摇曳如夜晚的瀑布。

"茆鑫，这么晚来干吗？"她弯腰拾起头绳，重新扎束漂亮的头发。

我喜欢她的头发，同我的类似。我们都是金灿灿的人，我天生头发金黄，阿爸把我的脑袋剃光光，但金色的发楂仍旧顽强地钻出来，照亮这个灰色调的世界。我恨头发！我要剃度。我的鼻子也很高，假如顺风，可以听闻五里之外的人说夜话。教书先生提前一晚看新生花名册，嘀咕道："这个字念什么？"字典是所有人的老师，字典说，"茆"念"茅"，解释：同"茅"。教书先生眼镜掉地，说，绕了一圈，怎么又同"茅"一样？我躺在篾席上，准备了一袋石子。第二天，点名，新生花名册，教书先生忘记了读音。他沉默着，从眼镜上方盯住我，问，是不是……卵鑫？

有人告诉他，我是美国佬的儿子。我的石子招呼在先生家的鸡和狗身上，可怜的蜜狗，我弹不虚发，打瞎了它的眼睛。可怜的狗代替遭受了它主人的罪过，狂吠乱跑，再也找不到家了。

事情发展得很好。我穿梭在东陵和西陵的村道里，终于搞到了一份地图，流动的荷包蛋形状。上面说东陵和西陵成一条纵线，林家塘和冷坞顶横布上下。我把地图卷起来，夹在胳肢窝里。我头脑清醒地制订计划——我要打遍东陵和西陵，再打下林家塘和冷坞顶。用我从地上捡来的，一颗一颗的冷石头，它们撑破我的口袋，我用冷石头武装自己，我有刑天般的甲胄。我有……我有的。

我抢了骟猪匠的营生，以便茆鑫有所事事。有时竟然赶场一般，捕捉到公驴大汗淋漓的喘息声，一头栖息在另一头身上，嗖——我的石子弹不虚发，阉掉了那头昂昂低吼的公驴。我从人们惊愕的脖颈间吹过——哪儿飞出来的石子？——煽匠磨刀霍霍地张嘴四下打探——我早已吹过，从东陵吹到西陵，吹到林家塘，吹到冷坞顶。我经过她的房子，她正在打电话，像个电信话务员。沙沙的女声——风吹过树叶间，可爱的绿鹅让风上跌下一个茆鑫——我恨死了自己，我不住地发抖起来，我是一个坏蛋，一个"光杆司令"——她的声音沙般流进我的耳朵，我该怎么告诉她，我只是一个可怜的小煽匠？况且没有上岗证，做这些事全凭趣味。她金黄的头发滑落下肩部有如碎裂的金箔在闪。我惊呼告诉姆妈，我看见了金箔。姆妈哀伤地说，哦，是的，你说是就是吧，茆鑫什么时候才能不闯祸，干一点好事呢？她放下电话，话柄扣合底座"咯棱"一声响。她回过头来叫我，我说："你，你是什么人，我，我是茆鑫。"

"茆鑫，这么晚来干什么？"

清的侧脸很好看，我想用筷子，夹住她的头发。我想品尝一只绿鹅。她透过黑夜的眼睛提醒湖泊泛着粼粼波光。我当然不是大老远跑到冷坞顶，特地来被她迷惑的，这么晚，我是到冷坞顶来检查生产情况的。看看啄食的鸡鸭胖不胖，它们见到我齐声大叫，羽毛扑棱起来。我轻轻向她的窗户走近，要她同我汇报家禽的情况。她明亮的眼睛对着我，说：

"哎，小祖宗，生产队长，妇女主任，"她笑起来，"茆鑫，你看到啦，这里有四只鸡，三只鸭子。没有超生。还有鹅，鹅会咬人。你要小心它。"

这里一只雄鸡也没有。我对着母鸡的屁股发射石子，好叫她为自己豢养的小动物向我求个情。她站在树枝造的围栏边，拿起了一根赶鸡用的竹鞭，芳唇发出了驱赶动物时特有的"嘬嘬声"，将鸡赶进围栏里保护他们。"你怎么敢打鹅呢？茆鑫。它谁也不怕。"我是上个周六刚来过，今天是星期三。白晃晃的天空让绿色的冷坞顶很孤独，我从冷坞顶下来，那些人龇牙咧嘴，围坐在礼堂，眼睛也不眨，听老书记讲猫头鹰有七十二种叫法，还有红毛怪讨油豆腐吃的故事。老书记说，假使红毛怪伸手到窗下，谁家不给油豆腐，红毛怪就骗了谁家的鸡。我在心底笑起来，那是我干的好事。我用红色的荔枝皮妆作手，把他们吓坏了。

到了晚上："豆腐呢，红毛怪来了。"我把荔枝皮放在冷坞顶的窗沿下。

"茆鑫，那么晚来干什么？"

她怎么知道？我吓得落荒而逃，在凹凸的小路上叫石子绊了一跤。

他们看见我摔跤，说那是小美国佬，是美国佬的儿子，他们压低了声音，笑着议论，金头发、大鼻头，烟囱管子般粗壮的鼻头。以为用手微微遮住嘴，这样我就听不到了。

"哦，他们都不是什么好家伙。不要和他们计较。"清一边抽着烟，一边与我说话。因我问起她的长发，为什么也是金色的。"他们真是该死，过了三十岁年还不出嫁，就嘲笑我是冷坞顶的老姑娘。"

她的竹鞭霍霍生风。她小巧的鼻子，余光总是留意其他事物，她的眼睛笑起来像拱桥似的。结不结婚，同礼堂里的那些泥腿子有什么关联？

他们粗鲁地哈哈大笑道："一个老姑娘。"

我要生气了，按照他们所犯的罪行挑选石头，在地上能挑到芝麻粒大小的石头，逐个对付他们圈养的牲畜。那天晚上，冷坞顶的动物们嗷嗷哀鸣，统统遭了殃。人们打着火把勘查时，我已经吹到了其他地方。

时隔三天，小英雄重新回到冷坞顶。她的屋子遍布勘查者乱糟糟的脚印。有些人扮作一棵柳树，支棱在屋顶旁，或是其他的木本植物。小英雄谁也不怕。

清说："不要这样。不要这样和他们对着干。"

清怕他们狠狠揍我，说要把我送回家。

我和清并肩地走在小路上。走热了，她脱去衣服，掼在手肘上，肉体是松软的，在洁白的月光下倒映出了松树般的影子。

冷坞顶到林家塘的小路上，长着两排茂密的灌木丛。这是我早有预料的事。今天灌木丛尤其茂盛，许多人头顶着嫩绿的柳帽，老实蹲在地上，装作灌木。他们忽然蹿起来，挡在我们面前。一个顶着桑葚枝和枇杷叶的魁梧男人走上来，剪住了清的手腕。

顶着一盆矮牵牛的人说：美国佬，你让冷坞顶所有的动物都变成了鳏夫寡妇，从今往后，鸡鸭猪牛都要灭绝了，还有蜜狗。

顶着柳枝帽子的人说："美国佬，你虽然可恨，但我们更恨告密者和叛徒。现在用你的石头毁掉这个女人，我们就不再追究你的过失。"

灌木丛们举着火铳，"我们特许你继续从事煽匠行业！"杂乱地说着话。这个世界太嘈杂了，还有他们的脚印。清低眉顺眼，她一点儿也不怕。她的眼睛骨碌碌地看着我，嘴角正在偷笑，清将被一个小小的男人发落，她的所有目光，全部都属于我。

"叛徒。"他们骂道，"女蜜狗！"醉醺醺的气味像佛堂前弥漫的雾气。桑葚枝钳子般的爪蹄婆婆妈妈地攥住她的手臂，就像攥紧一对鸟儿的翅膀。

黯淡的月光照在小路，开阔的田野上，麦茬自由自在地生长。

我想了想，犹豫了一会儿。我想，去他的！把手里捂得滚烫的石头扔过去，这石子我预备了一路。

石头飞得很高很高，很高。

我骑上最快的马，带着她——和我私奔。倒退的风刮着她的孔雀披肩。裹紧了，我们钻进苍苍茫茫的月色。灌木丛拍着胸膛号叫，火铳礼花般朝天开火。我打开了随身携带的地图，我扔掉了自己身上所有的冷石头。

我们的马不知疲倦，风愈来愈快。她在夜空中的自然风中经过，便于我知晓她的发梢与肤色。

微风吹拂

一

李七明在出生之前，名字就被确定好了。

当时周围尚且混混沌沌的，李七明蜷在妈妈的肚子里，通过肚脐眼的光，听见爸爸宣布了自己这个通俗易懂的名字。正值1991年，黎明的《今夜你会不会来》唱遍大街小巷，李七明爸爸企图儿子以后能像七个黎明一样成功，并把成功的大部分希望都寄托在了名字上。

所以他们认为李七明是天生就喜欢这名字的，他们以为他们以为的就是他们以为的了。李七明生下来时猛哭一场，大概是因为名字的关系。想想也是，李七明，名字怎么看都像纪念他的父亲那天装了七个白炽灯。他的父亲在妇产科外面焦急地打转儿时，脑袋仍在胡思乱想：等会儿究竟保大还是保小？他迫切地想知道里头的孩子到底带不带把儿?

李七明就这样长大了，他头顶着稀疏的毛发，从妇产科被倒提着打屁股，再到念幼儿园，好像是一瞬间的事。在他和伙伴们一起上幼儿园时，李七明缺了钙，只有一把矮脚凳那么高，一根沙漠梭梭树那么细。他罩在一件宽大的黄军装之中，鼻子里的清水鼻涕爬出来。黄军装大概是李七明父亲的退伍军装改作的，胸前的一排扣子散发着金黄塑料的特有光泽，穿到李七明身上，长若连衣裙，宽如蓑衣。李七明的脸是一张似笑非笑的苦瓜脸，配上这件黄军装，像一个打了败仗吃了瘪的小瘪三。幼儿园里的人都笑他的这身打扮，他眉毛一拧，转过身来上上下下打量笑的人，呵斥说:

"不许笑，都不许笑。这是我爸爸抗美援朝时穿过的衣服。"

他在吹牛皮，脸通红起来。

时间的鸟在天上来回地飞过。

他曾经无数次在幼儿园的角落里，给伙伴们讲起他的爸爸，作为听众的他们盘腿坐在干燥的水泥地上，摇摇晃晃地就要睡着了。

有一次，中班的赵南山大喊:

"喂，大家都围在我边上，给我遮光。我手上有一块独独的宝石，是夜光的。要看的都抓紧过来。免费看，免费看!"

一听免费，大家都聚拢了过来，将他围得紧紧的。赵南山蹲坐在地上，按照高矮个儿的顺序，一个接一个地秀宝石。其实那就是一块洒满荧光粉的塑料珠子。轮到李七明蹲下来了，赵南山合着宝石的双手开了一条缝，说：

"李七明，把你的眼睛放进来。"

李七明想：怎么样才能把眼睛放进手掌里呢？想了一会儿，凑近他的手掌心，那模样小心翼翼的，好像提防着手掌心里有什么暗器射出来。可那掌心里合着的是空气，是黑暗。李七明什么也没有看到，偏偏说看到了，真的看到了，那宝石闪闪亮亮，刺痛了眼睛，他捂着眼睛，说了一通赞美的胡话，最后说："我爸爸也有一块的。"赵南山听见李七明的爸爸也有宝石，不怎么高兴，假装没有听见最后这句话。因为他开头就说了，这块宝石是独一无二的。

大家围在一起的时候，有人讲起了鞋子，指指脚上，一双李宁牌的鞋子，镇压全场。安静了一会儿，穿着黄军装的李七明吸溜一下清水鼻涕，就要开口讲他的爸爸，"我爸爸也穿李宁牌的。"众人不语，但心里都不服气。

幼儿园是和蚕厂合办的，共用一块场地。一到蚕结成蛹的季节，整个幼儿园便弥漫着蚕蛹浓烈的腥臭味。那味道与厚重的汗味相类。大家就笑着说："李七明，这个腥味你爸爸是不是也有？"

李七明说了许多关于他爸爸的故事，这是他的课余爱好。听众大概都忘记了故事的具体内容。只有一次，他正在讲道："我爸爸……"他的爸爸就真的出现了。一个青皮下巴的男人，一对杏仁眼在铁门外张望着，夹着一只公文包，大概也听见儿子正在讲述自己，笑得合不拢嘴。李七明爸爸是个大龅牙，削苹果皮省了刨子钱。李七明正盘腿坐着，惊讶地叫了一声："爸爸！"他的爸爸笑容更灿烂了，推开铁门走了进来。手上夹着的黑皮公文包一拉开，溢出了五颜六色的糖果。有阿尔卑斯，也有阿尔鼻斯。孩子们围拢过去，不懂品牌，对这些糖果实行共产主义。

李七明的爸爸分完糖果，在学校的空地上站了一会儿，就走了，风吹动着他蓬松的大背头，孩子们望着他的背影，不明白世界上有了糖果，还有什么事需要忙的。李七明的爸爸进来分发福利，这让李七明很得意。另一些孩子吃着糖果，变得清醒，现在终于有了兴趣坐下来听李七明讲他的爸爸，讲一讲他的爸爸，究竟为什么有这么多糖果，是不是抗美援朝时从美军手上缴来的。大家问："李七明，你爸爸退伍以后是不是卖糖果的？"可李七明现在一点儿也不想讲了。因为赵南山发现了另一件有趣的事情而大叫起来："李七明，你爸爸的破鞋边上沾着泥呀！"

李七明的爸爸叫李六合。村里的大人说，从六升到七了，你们家升级了。那李七明生个儿子叫什么名字呢？赵南山大叫起来：李八戒！

不好笑。

李七明到现在也没搞明白自己的爸爸到底是做什么工作的。

妈妈盯着电视，说爸爸是登月的宇航员，又说爸爸是科学家。李七明表示半信半疑。爸爸整天抱着个公文包，走来走去，就能把钱挣了，这是什么工作？但赵南山讲：李七明，你爸爸不会是押镖的镖师吧？

李七明想，不太可能，但又希望是像赵南山所说的这样。他仿佛看见一架运镖的独轮车上悬着一面烫着金色"李"字的三角小锦旗。他的爸爸露着洁白而突兀的门牙，在后头耀武扬威地走着。

幼儿园在桥头那边，圈了大概一亩地，合六百六十六点六平方米。其中一小半是给蚕厂养蚕抽丝用的。每年到了特定的时候，蚕厂开工，操场上堆起层层叠叠的竹篾，一条条蠕动着的蚕宝宝结蛹以后，蚕厂散发出浓烈的腥臊味。可是这些幼儿园学生永远也没有记住蚕厂的开工规律，只是戴着厚白口罩的缫丝工人入侵以后，他们才皱着眉头感慨一句：又到了缫丝的时候。这里的围墙三米多高，配着两扇城墙一般厚实的铁门，铁门是蚕厂配备的，之所以这么高这么厚，不是怕幼儿园学生偷跑出去，而是怕外面的人偷爬进来。蚕厂几台沾满油迹的缫丝设备，价格昂贵，厂长的兴趣爱好就是隔三差五用钥匙打开铁门，给这些昂贵的机器抹机油，像是在给爱人做 SPA。

教室里的玻璃窗户外，还安装着一层生锈落败的铁栅栏，透过漆红色的锈铁栅栏，就能望见桥另一边，桥上摁着喇叭的大卡车和桥底水稻苗一样漂荡着的水草。到了饭点，幼儿园园长小雪亲自下厨。幼儿园园长叫小雪，皮肤雪白，生得白白嫩嫩的，眼睛像是一汪夜晚的泉水。小雪有个老公，是镇上卖力气的三轮车夫，叫六块。六块时常扣着一顶从上海买回的黑色鸭舌帽，面相不善，两块颧骨高高凸起，像叽喳挠耳的瘦皮猴。他偶尔来学校，常常是做早操或者是学体操的时候。铁门"啪"的一声被车轮撞击开，孩子们回头看见他骑在三轮车上，双手做拥抱状，缓缓行进，像坐在马车上的英国王室。

天空中传来一声大喝：

"嗨！小赤佬们！"

幼儿园学生们停下手头的事，转头注视着六块和他缓缓前进的坐骑。他享受着注目礼。他有时嘴上叼着红双喜，双手插着腰，给同学们演示骑车时双手脱把的绝技，但他骑的是三轮车，并不稀奇。他将车停在一个地势稍高的平台后，摆出一副伟人傲岸的神情。

六块兴奋的时候，会号召全民健身，命令幼儿园学生在他的领带下，一齐做操，说：

"喂，少年强则国强，你们在玩什么泥巴？都看着我，跟着我做健身操。这是最新的操，来，把手这样放到裤裆前，右手也放，哎，对，交换，再交换。"

他站在一块稍高的平地上，教他们跳热舞，让他们把手放在自己的裤裆前左右交换位置，然后挑选出跳得最风骚的一个人做他的副官。镇上有热舞表演团定期来表演，他大概去看了。不是，六块肯定蹬着他的座驾去看了，说不定还顺路捎上了几位顾客。

热舞隐昧的动作让孩子们大笑起来。

每当这时，小雪都要高举着她的锅铲跑出来，嘴上学着鲁迅先生的话，骂道："你这个王八蛋！你这个落水狗！"小雪作势要打六块。六块沉着冷静，表演空手夺白刃，两手一合抢下了锅铲，小雪一看没了武器，慌了神，呆呆立在原地。六块推了她一把，骂道："臭老娘们，你也太好事了，他们懂什么？锅铲上的酱油滴到衣服上怎么搞？"

小雪说："又不是你洗的，还不是我洗的。"

小雪平日里在学生们面前一副不可一世的样子，现在叫另一个人管了，底下的人看得笑嘻嘻的。这是学生们最喜爱的节目。

六块最喜欢的孩子是赵南山，因为他体格结实，不仅热舞跳得好，而且还会倒立。六块的全民健身项目里还教倒立。他眼睛贼溜溜的，环视一圈底下的人，说：

"小母牛倒立！"

大家装模作样地尝试了几次，都假假地摔下来，眯着眼睛哎哟哎哟地叫着。只有赵南山，仿若少林武僧，一个筋斗就把自己倒悬了起来，六块夸他像天安门前的汉白玉石柱。其他的孩子围上去，开始数数。六块领头：

"一、二、三、四、五……"

他抽空回过头，对隐匿在油烟里的小雪喊：

"大家的算术，数到二十了！边玩边学习，美国教育。"

赵南山为了扮演美国教师而努力着。他的眼睛紧闭，咬着牙，脸慢慢涨得通红。李七明后来问他："你当时怎么脸那么红，你在想什么？"赵南山说："我假想自己是个烈士后代，我的爷爷奶奶都战死了，我要报仇。"

李七明回家的时候试过一次，躺在床上，头放在床沿自然垂下，不一会儿就脑充血得厉害。他不忍心像赵南山一样幻想自己的爷爷奶奶是烈士，他的爷爷奶奶是普普通通的老百姓，现在还健在。奶奶最喜欢给自己剥甜栗子吃了。

数到五十九，赵南山大喝一声，模仿武打片男主角吐血场面，喷出一口唾沫。他缓慢地倒了下来。

六块带头鼓掌喝彩，说："好！就差最后一个数，就数到六十整了。"学生们像看街边的江湖杂要，有孩子正掏着钱，想要扔一毛，被边上的人制止住了。赵南山坐在地上，缓了一会儿神，拍拍背上的尘土。六块说：

"你的脚因为不蹬三轮车，缺少力气。"

"六块老师，我以后要做一个三轮车家。"

"厉害，以后我的三轮车就传承给你，不愧是我的副官。"

赵南山就问：

"六块老师，做副官有什么权力啊？"

"小小年纪就讲权力！"六块走上去，敲了一下他的脑袋。

不知道从什么时候开始，六块也变成幼儿园的老师了。赵南山一叫，大家全都跟着叫了。六块白天踩着三轮出去载客，来与不来幼儿园，全看个人心情。有时载到了学生的爸爸，学生的爸爸鞠一个躬，递过一支红双喜。大家都拍六块的马屁，捧得他整天咧着嘴傻笑，过得比村支书还开心。

小雪有一只闹钟，调到每天的十点钟整。闹铃一响，就从里屋拖出一只满是伤痕的木头课桌，木头课桌上端放着一只燃气灶。另摆着一圈冬瓜，肉片，还有油盐酱醋。小雪正在砧板上咔嚓咔嚓地切着冬瓜。锅里煮着的水咕噜咕噜地冒着泡。小朋友们跑过来问：

"小雪老师，今天中午吃什么？"

吃冬瓜肉片。那些问过的孩子像广播一样散开，到处去宣告这条最新消息。冬瓜在锅里炖烂了，把肉片包裹着藏起来，叫人难以寻觅。饭菜熟了，小雪拿起放在一旁的铃铛，敲起了开饭的铃声。铃铛声叫孩子们的耳朵竖了起来，正在做游戏的即刻解散，拍拍手说：

"吃饭了，饭吃好再继续做。大家都记一下，是谁扮怪兽了？"

桥头幼儿园一排长廊洗手池，贴着白瓷砖。洗手池上挂着一块块干净的天蓝色的擦手巾。这些擦手巾是形象工程，挂得高高的，从不让擦，大概看着看着就觉得手干净了。

大家都把湿淋淋的手往衣服上一抹。到一人多高的橱柜领碗。李七明从小记碗样，认了一只碗底有兔子的碗，一个柄勺缺了个口的勺子。幼儿园里按照饥饿顺序排队，饿的可以先插队。但排着队的人一般说：

"让你插队，但是得排我后面。"

后面站着的不乐意了。排在前头的人于是对要插队的孩子说："那这样吧，你先排我前面，再让我排你前面。"

这是一道智力游戏题。

小雪把前额飘乱的几根头发撩到耳朵后面去，一分钟之前，这些头发被她抿到嘴里，嘴角涎出白白的唾沫星子。她笑笑，持锅铲开始盛菜。盛菜的唯一标准是她一个一个地问：

"小囡囡，今天是吃多一点还是少一点？"

李七明每次都说："小雪老师，少一点，再少一点。"可小雪假装听不懂的样子。李七明摸着肚子，胀不下了，碗里还剩着小半碗米饭。小雪都会再次敲起她的铃铛，召集其他的小朋友过来："李七明小朋友饭吃不完了，谁来帮他一起吃？"

"我！"

"我！"

"还有我！"

那些报名的孩子围在李七明的身边，由小雪一口又一口地轮流喂着李七明碗里的剩饭，用的是那只破了柄的勺子。小雪一边喂，一边夸：

"真棒，来，你吃一口，他吃一口，李七明吃一口。"

李七明觉得冬瓜汤和他们的口水混在了一起。吃得脖子一哽一哽的，眼角泛着绝望的泪水。

李七明发现，不管自己说几次"少一点"，他的那只碗底有兔子的碗仍旧是装得满满当当的，斗堆成谷坡状。吃饭问题成了他的烦恼事。

小雪老师没有制订过课表。因为幼儿园小朋友都不识字，看不懂课表。那就尝试把课表画出来吧。她找来一块塑料板做直尺：三角形表示语文课，圆形表示劳技课，方形表示绘画课。但是很快，学生们为此争吵起来，他们互相记混了，谁也不服谁的记忆力。

小雪在上语文课的时候只教他们前四个拼音字母"abcd"，念作"阿啵呲嘚"。接下去的拼音，小雪就拿不准了。总之，到了小学一年级拼音会再教，不碍事。那么教他们几个容易的字："木""水""火""土"。"金"字太难了，不教。教室面积四五十平方米，前边挂着一块小黑板，是小雪委托镇上的小学老师赵丽慧写的瘦金体粉笔字，抄写的是李白的《静夜思》。这块小黑板也是幼儿园的形象工程，挂在高高的黑板上，怕小朋友们的黑手上来摸白字，毁了一件难得的艺术之作。

教写字时，另有一块破了边的黑板，藏于讲台之下。小雪说："大家拿出手指和我一起写。"土土土。小雪写了三遍，擦了三遍，底下的小朋友窸窸窣窣的，问："老师，为什么写三遍啊？"小雪说："重要的字写三遍。"底下听了，便都自顾发表意见。小雪转过身来说：

"谁熟练了？熟练的人到黑板上来写。"

妮妮举手了。

"妮妮，来吧。"

"报告老师，赵南山熟练了。"

"妮妮，你先上来写。"

妮妮只好羞涩地走上讲台，捏着粉笔写了一个"土"。小雪鼓掌，说：

"很好，就是上面这一画太长了。还有谁要上来写一个？"

大家都想碰一碰粉笔，擦一擦黑板。这些东西在小雪上完课之后，都会消失得无影无踪。

教室里沉默了一会儿，赵南山突然站起来，手甩得风度翩翩，像是当代侠客，令狐冲上华山折桂。写完了，冷笑一声，把捏着的粉笔一扔，继续渲染大侠气氛。小雪批评说，赵南山，你太浪费了，你把粉笔给我捡起来。赵南山听了，灰溜溜折返身捡了粉笔，脸上一下子招架不住，泄了气，教室里闹哄哄地笑起来。

桥头幼儿园没有分发笔和纸，大家只是用食指在课桌上默写。课上最后十几分钟，小雪叫大家排好队，一个一个到自己的手心里比画。小雪的掌心胖胖的、软软的，像是蚌壳肉，一挠便痒痒地缩躲起来。李七明还没有记住写"土"要一横一竖一横，只是觉得那像一个劈叉的人，便在小雪手上画了一遍。

小雪的手指细长柔软。这双手是弹钢琴的手。

小雪有一架没有上过烤漆的迷你木质钢琴，没有人知道是哪来的。这架木质钢琴就摆放在教室前边，日夜以一块印着牡丹花的红绸布盖着。这块红绸布也是小雪深深喜爱的物品，可是盖到钢琴上，就值。如果你要问小雪：钢琴好还是六块好？小雪一定立刻告诉你：当然六块好！心里却不假思索地想：呵呵，毫无疑问是钢琴。

小雪上完课时，假如心情舒畅，就不敲手里的黄铜铃铛作下课铃，而是弹上一曲。端坐好，翻开乐谱，弹《梦中的婚礼》，或是《卡农》。曲高和寡，没人听得出好与坏。听众被迫欣赏艺术，都坐在椅子上，手托着脑袋，安安静静地听着。女学生想：以后长大了也要像小雪老师一样温柔，一样弹钢琴。

发散着的钢琴声，像雪糕融化在了空气中。李七明趴在自己的手臂上，于音乐之下，看见了他的爸爸妈妈。他的脑海里突然闪过那两个人的身影，一个高俊，一个红如牡丹绸布。就像来到了燃着火焰的山，妈妈的背影愈发朦胧，最后变成了一只生有翅膀的渺小昆虫，飞上了辽阔的天空。

那是骤然下雷雨的午后。檐壁下的雨点连着坠落，像是帘幕，小雪站在讲台上指挥，着急地挥手道："靠窗的孩子，快关窗户。"

关上了窗和门，大家开始一齐傻傻地笑，教室里庆幸声一片，劫后余生般。讲台上复奏《梦中的婚礼》，哄哄然如闹剧。

二

镇上有艺术表演，李七明想要去偷看。

那天，艺术舞团雇了两辆旧卡车，装载了十几个女人，配着高音喇叭，绕着镇上行驶三圈，做宣传。那些女人蹴在高脚凳上微笑，挤出丰腴的小腿肉，下半身叫卡车后盖遮掩着，露出半个只穿着比基尼的身子。她们的微笑凝固而僵硬，纤细的胳膊举一块彩色泡沫牌，摇摇晃晃地只见：明晚八点，集场见面。

路边的男人们偷偷打量卡车上那些女人，街边只有妇女和儿童转过了脸，叽叽喳喳地低声说着笑话。风吹拂过，许多红印、绿印的宣传单便随风飘散着。李七明弯腰捡起一张红色的传单，印着一个年轻女人啃咬自己手指的相片，写着"明晚八点，集场见面。"李七明想到了春晚小品，说：

"再给你来个横批吧，自学成才。"

赵南山也捡了一大摞宣传单，塞进书包里，上厕所的时候拿出一小叠，揩屁股用。据他说，这样的纸厚实耐用，家里的草纸也能省着点消耗。

李七明翻来覆去，整夜想着：明天晚上八点，集场上要举办一个见面会。

今天中午，六块又来了，先是拿出口袋里的话梅糖，向操场上抛洒，孩子们哄抢起来。小雪做饭的时候，他说：

"小母牛倒立！"

赵南山立刻将手上的糖果塞进兜里，把自己倒悬起来。可一倒立，那些糖果又从兜里滑到了地上。有几个小厮嘿嘿笑着，上前去拾。赵南山脸色涨红，说："那是老子的。"但他仍是毕恭毕敬地倒立着，不敢松懈。

六块微笑着，压低了声音问：

"明天集场那边……你们这些小赤佬，这么多人都藏传单，想干什么？谁藏了？互相检举。"

"李七明藏了。"濛濛说。

"赵南山也藏了。"妮妮说。

"老师，我是拿来揩屁股的。"倒立着的赵南山艰难地辩解说。

"揩什么屁股？你不怕色素染上去吗？到底是干什么的？"

"六块老师，我是你的副官，给我一个面子。"倒立着的赵南山脸憋得通红，他咬着牙齿，没有力气辩解了。汗珠下滴，化成了白气。接着，他一下子瘫倒在地上，讨好地笑着，打量着六块的脸色。

六块又问李七明：

"李七明，你呢？"

"我碰巧在路上捡了一张，字也认不全。"

大家都笑起来。李七明也笑了，觍着脸追问：

"六块老师，你看过吗？"

"地球上有什么是六块老师没看过的？"一旁的赵南山趁机拍马屁。

六块看着李七明，一边整理着衬衫上错扣的纽扣，一边说："李七明，要不我带你去？"

"真的吗？"

周围又传出了笑声。

两辆大卡车有序地从小镇上开往小镇下，在车上慵懒的女人，把大人们都骗去了集场，干什么事呢？男人们捂着嘴偷笑，口水像瀑布般挂落。女人们统统睁一只眼闭一只眼。小雪老师睁一只眼闭一只眼弹钢琴，钢琴声又着急地融化在夏季的空气里了。

李七明觉得有些无趣，便不再理六块，只管自己走到了一片树荫底下，托腮蹲下，期待能找见一两只落单的蚂蚁，寻不见，又起身，在树荫底下无所事事地徘徊着，绕着圈儿数步子。

六块皱着眉头，考虑要不要让李七明做一个小母牛倒立。

同学们见没有笑料了，就各自散去做游戏了。

李七明回想起第一辆卡车上，站着一个金发女郎。她的身体像陶瓷的花瓶，双脚宛如藤蔓般缠绕在一起。染成蓝色的手指甲，正捏着一沓蝴蝶传单，她们像放风筝一样，手一抬起来，"飞吧"还没说出口，传单就纷乱地飞着了。

蓝色传单在小镇上，自由而密集地飞着。

翌日八点，山色黑如墨罐，月光轻盈无声。所有的东西都静悄悄的。李七明在黑暗之中，清晰地听见了自己的呼吸声。在月光和风的底下，他反复研究了好几遍那张皱巴巴的传单，之后叠成一张豆腐干攥在手里。他咽了一口唾沫，伸手悄悄打开房门。房门开了窄窄的一道缝，他立刻侧着身子，如水般流荡出去。夜晚是凉爽的，他在路上轻快地跑起来，直到路过小雪老师家，才猫起步子走路。

小雪老师的窗户透出黄色的灯光。六块在屋子里，正用一把缺了齿的梳子，沾了面盆里油腻腻的水，对着镜子梳理头发。天上的月亮像小雪老师睁一只闭一只的眼睛。六块说："我要去镇上送点货，晚上迟一点回来。夜风很硬，关好门窗。"小雪问："哪一家，什么货？"（这是睁着的那一只眼），六块不回应。小雪就不问了（这是闭着的那一只眼）。

他等着六块出门。一边又将脑袋里的金发女郎形象仔仔细细地打量了几遍，从她的发梢至脸廓。李七明压低了声音，待他扣上房门后，低声叫道：

"六块老师！"

六块吓得一颤，低头四下找人。黑暗之中，隐约看见是李七明，立刻伸手，捂住了他的嘴。

传来了一阵轻轻的笑声。

"嘘——"

李七明点点头，自己爬上了六块的绿壳三轮车。"去集场了。"李七明指挥说，"六块老师，我们出发吧。"

"神经，我回去还要向你爸爸告状。"他骂了一声。

三轮车驶去了李七明家，但家中一个人也没有。只好送他去集场邻边的小卖部，让人代为看管。

六块蹬着三轮车，扭头看见李七明正在挖三轮车的坐垫，叱骂道："别乱动，你在干什么？"

李七明说："里头的海绵发霉了。六块老师，集场到底在做些什么？"

小卖部今晚不营业，上了两把厚厚的锁。六块扯了扯门锁，只好难以置信地牵着李七明的小手。

六块带着李七明去了集场。

集场那边，声势很大。男人聚在一起，面色严肃地背着手，像在讨论政治议题。不谙世事的顽皮孩子在灯下追来赶去。夜晚的静谧在这里无处可寻。集场的大铁门用铁链锁住，链条的尾巴拖曳在地。透过铁栅栏，望向集场里，一排黄色的高亮灯光已经打开了，灯光照射着如同白日，底下安静地绕飞着一簇簇黑色旋风般的果蝇。门柱两侧，还贴着一个肤色雪白女人的海报。

一会儿，集场保安室走出一个慢慢吞吞的秃头男人，他向外边望了望，大概是清点人数，从腰间掏出一串钥匙，"啪嗒"一声解开了铁锁，拖走了链条。闹哄哄的人挤开铁门，涌到了集场中。人群继续吵闹着。六块紧紧牵着李七明的手，催李七明快步走，以便占上一个好位置。李七明点头应和，低头看着沙石路，麻利地迈着脚。

这是一片圆形场地，简陋搭建的舞台半米多高，铺着劣质的红色绒布地毯，摆有几只闪烁着跑马灯的大音箱。音响毫无预兆地播放起来。落定的尘埃在震动的鼓声中缓缓飞扬。

舞台底下，布置一排排的长条凳、折叠凳，还有两张安乐椅。

"李七明，坐到凳子上。"

李七明躺在了安乐椅上。

"起来，坐长条凳。"六块有点不高兴。

集场是沙地，多石子，长条凳摆不稳。

节奏音乐播放着，一个蓬头黑面的中年男人开始收门票钱。他的腰上别着一只腰包，是公交车收费员的款式。一个人十块钱。轮到六块了，六块故意别过头去，不看他，一手递过去十块，说："呐，票钱。"

"你们，两个人。"售票员打量了李七明一眼说。

"小孩算什么数？"六块说着，眉头紧皱起来。

李七明最怕六块皱眉头。

黄色的高亮灯灭了，没有人知道那些在灯光下盘旋着的小虫的下落。整个集场瞬时失去了声音和温度。一会儿，李七明在黑暗中摇了摇六块的胳膊，小声地问：

"六块老师，集场里有鬼吗？"

"什么鬼不鬼的？"

"六块老师，你的三轮车锁好了吗？"他预想到了一会儿奔命的事。

舞台上忽然响起了一阵枪炮声，紫色的烟雾随之冒撒出来。六块敲了李七明的脑袋，说："嘘，小祖宗闭嘴。"熄灭的灯挣扎了一会儿，重新亮了一盏，照在舞台的正中央。一个踏着高跟鞋的女人，从侧边登场。

"那是什么东西？"李七明问。

六块不作回应。他伸长脖子，身子前倾，盯住台上的女人，额头忽地滚下一颗豆大的汗珠来。

音乐换了一首。是女声的迪斯科。站在台上的女人如同挂面一般的长发垂在胸前，之后又奋力地甩到脖子后头去。她扭动的腰像理发店门口摆放着的旋转灯。另一边，拿着话筒的男人宣布这里的规矩：

"大家都不要拍照，发现拍照的，相机一律充公。"

观众们挨在一起，上半身向前倾斜，屁股微微脱离了座凳。

李七明看得呆住了，他看见青皮橘子一样的女人统统长着四只眼睛，两张嘴，正缓缓地褪去身上的橘子皮。

"回去吧，六块老师。"他开始害怕起来。

"六块老师。"

"你是想上小？要上小，这里方便，要拉肚子，躲远一点。"六块目光一动也不动地盯着前面，从口袋里摸出两张毛纸递过去。

李七明接过毛纸，愣了一会儿。

过不了多久，集场才关上的铁门又被推开了，齿轮摩擦地面，碾过草地，发出一些湿润的声音。那个腰上别着钥匙的秃子张望了一会儿，立刻屁颠屁颠地跑去询问情况。所有观众的脑袋仍旧直直地盯着舞台。台上的女人动作缓了，眼睛眯着，扭到一半，面色凝重，捂胸而跑，后边传来一声："统统不准动，不要跑，我看看谁敢跑！"观众们才纷纷扭头，看往铁门方向。

"统统不要动。"

六块老师脸上一下子冒出了许多汗。蹲着的李七明挪了挪屁股，抱住了他的胳膊。

"回去吧，六块老师！"

六块老师的汗更多了，嘴张着，说不出话。结结巴巴了一会儿，说：

"李七明，你只管自己走回去，离我越远越好。"

李七明以为集场里忽然拍起了抗日剧，他作为一个群演，蹲得开心极了。

"六块老师，我不怕，我会和你在一起的。"

三

濛濛用力捏着自己的小肚腩。今天她的肚子有点儿痛。濛濛坐在位置上，想了一会儿，偷偷把李七明叫到幼儿园的一个角落，在蚕厂沾满机油的黑乎乎的缫丝机器后面躲着。

濛濛说她怀孕了，哭唧唧的，鼻子上吹出一个大大的鼻涕泡。李七明静静地听她说，等看到了那个鼻涕泡，心里有些不喜欢，便从口袋里掏出一块手帕，仔仔细细地给擦干净了。等鼻涕擦干净了，濛濛立刻就不再哭了。

"李七明，我好像……怀孕了。"她好不容易说出这句话，这下话说出口，又忍不住哭了起来。

李七明脑袋一片空白。

"李七明，你会对我负责的吧？"

李七明一下子讲不出话来。

"说话，啊？你！"

"会的，会负责的。"

那天，李七明看完表演以后，身体便像是中了魔怔，胃部总是冒着酸水。夜里盖着被子躺在床上，觉得窗外挂着的新月像一个女人的腰。除了柔软的腰肢，李七明对构造一事也萌生了强烈的好奇心。

下午，濛濛到李七明家喝汽水。她嘴上咬着棒棒糖，不时地以糖蘸水。李七明问："味道不一样吗？"

"不一样，糖沾上了汽水，再放进嘴，简直是一种享受。"

"那是什么味道？"

濛濛眯起眼睛，想了想，说：

"简直是一种爱的味道。"

爱是什么味道？李七明试了试，糖的味道明明毫无变化，可还是说：爱原来是一种暖洋洋的滋味。

他们就这样，并排坐在高脚凳上，晃着自己的双脚，准备度过那个无聊的下午。一会儿，原本遮挡住太阳的浓云飘走了，他们不得不搬着凳子躲进了屋子，把汽水罐摆在用饭的方桌上。屋子里不开灯，永远是阴暗潮湿的。濛濛在用手丈量着两个人喝剩下的汽水高度。

"濛濛。"

"什么事？"濛濛撑开她的大拇指和食指，贴在绿色的玻璃汽水瓶上。

"来米缸这里。"

濛濛环顾四周，放下汽水罐子，也从高脚凳上滑下去。她先是走出屋外，东张西望了一会儿，接着踮起脚步走进了李七明家的储藏室。

储藏室里满堆杂物，一只木头橱柜摆满了没开封的油米酱醋，另有一只矮胖的米缸紧紧挨着橱柜。

"等一等。"李七明走过去，将储藏室的木门反锁起来。"反锁起来干什么？"濛濛问他。他听见了自己的心跳声，心脏像是另一个生命一样，再也不听他的控制了。在下一秒，他们沉默的间隙里，两个人的心跳声像是一阵暴雨般落下。

"我怎么心跳得这么快？"

"你们家储藏室是不是有瘴气？"

他们玩了一会儿米缸内白花花的大米。他们把手深深插进米粒之中，左右晃动着，让米缸的中间形成一个大空洞。几分钟以后，储藏室里有另一些事要干了。

…………

他们决定埋葬那天下午在米缸边上发生的事。

直到两天以后，濛濛再找到李七明，哭着告诉李七明怀孕的事。这起米缸事件终于发芽了。李七明怎么也不敢相信，他只是对着濛濛那里瞪了一眼，就把她瞪怀孕了。

"你怎么知道？"

"知道什么？"濛濛眼泪汪汪的。

"你怎么知道你怀孕了？"

"我的肚子变大了。"

李七明捏了捏她发硬的小肚子。她哈着嘴吸气，一想到自己微微隆起的小肚子，立刻又要哭了。

"你别哭……说不定……你这只是宿便呢。"

李七明摸出了手纸，擦了擦濛濛的额头，然后把手纸塞进了她的口袋里。

"你要不要去上一个厕所，我在这里等你。"

濛濛点点头，跑着去上厕所了。十几分钟过去，她出来的时候，肚子还是一样大。

"怎么办？"濛濛的嘴巴委屈地瘪着。

"我们去找小雪老师。"

小雪老师脱了鞋袜，正在她的房间里看电视。他们推开了门走进去，小雪老师低头看了他们一眼，问：

"濛濛，李七明，你们吃不吃糖？"她从桌上抓了一把可乐糖，递过来。

濛濛吃了一颗，小雪老师问：

"濛濛怎么好像哭过了？"

"濛濛厕所上不出来了。"

"濛濛厕所上不出来了？"

"是的，小雪老师。"

小雪老师说：

"我知道了，李七明你出去吧。"

李七明出去的时候，濛濛也跟在后面要走。

"濛濛你等一下，老师给你擦药。"

李七明在门口等了一会儿。接着，濛濛提着裤子，从小雪老师的房间里跑出来，急急忙忙往厕所跑去，李七明也跟过去，在女厕所外面叫道：

"濛濛，你是好了吗？"

"还没呢！"

过了一会儿。

"濛濛，你是好了吗？"

"还没好呢！"

濛濛摇摇晃晃地走出来，摸着肚子。他们又去了小雪那里。

“怎么了？还没好吗？”

小雪正在看电视剧，“啪”一下关掉了电视。踩在鞋面上蹲下来，摸了摸濛濛的肚子。

“濛濛，你的肚子怎么硬邦邦的？”

濛濛摇摇头，不敢说自己怀孕了的事。

“你是不是积食了，吃了什么不消化的东西？”小雪放下濛濛，转身去找装在卫生袋里的消食片。小雪老师放了五颗土黄色的消食片到濛濛的手心里，濛濛怕苦，不敢一下子吃进去，伸出了舌头舔一舔，发现是甜的，便一下子塞进嘴里嚼起来。小雪老师又给李七明两颗。

“什么东西？”

“食母生片。”

“干什么的？”

“你把濛濛扶进教室里去吧，我们马上就要上课了。”小雪老师说完，又左右脚互相帮忙，脱掉了鞋子坐在床上，打开了电视，“我这个电视还有……（她看了一眼电子手表）七分钟结束！”

小雪老师随后背着一个大麻袋就跟过来了，这节课是上劳技课，给每个同学发积木，还有橡皮泥。积木只有几块，橡皮泥只有圆圆的一埚。这些东西一个人干什么都不够用，只好一起合作，搭城堡。

濛濛玩起来，就不知道痛了。

四

那天冲进来七八个人，还有捧着照相机的两个男人，也许是记者。看表演的有七八十个。七八十个人不敢反抗七八个人，统统安静地蹲着，瞪大了眼睛，吹着胡须，手背在屁股后面，下水的鸭子般，真是孬极了。

六块觉得那天被抓得很不值。不仅为自己不值，也为别人不值。怎么偏偏今天栽了呢？旁边的李七明正笑个不停，六块朝前看了看，悄悄和他说：

"李七明，千万别说是六块老师带你来的啊，你要是乱说话，回学校了天天叫你小母牛倒立。"

"不是六块老师带我来的，是三轮车带我来的。"

"三轮车也不能说。"

"那我怎么办？"

"你只管走出去。你什么也不懂。"

"六块老师，那你呢？"

"别管我，老师没事。"

"六块老师，你会被杀头吗？"

六块摇摇头，不再说话了。

闯入的男人逮住了管钥匙的秃子，秃子惊恐的脸上渗出了汗珠，惊慌地问："老板呢，我们老板呢？"他被橡胶警棍指着，那些穿着警服，戴着头盔的警察慢慢包围过来。秃子很快不说话了，乖乖从腰上取下一串咣当咣当的钥匙，打开了集场里所有的灯。

"我再说一次！都蹲好了。"

明晃晃如白日的集场里，只有李七明不受管辖，一步三回头地从正门出去了。秃子看见李七明，才记起自己的集场里还有这么一个吃奶的毛头小子，吓得背上潮湿一片。

从集场出来，沿着冷清的溪东路回家。溪东路上静悄悄的，竹林里传出窸窸窣窣的声音，还有知了的叫声，比集场那个鬼地方更恐怖。很快，到家了。家里一点暗幽幽的灯光，窗帘晃动着，忽明忽暗。李七明以脚轻轻推开了门，从门缝里溜进去。妈妈正在关了灯的客厅里看电视。

"你什么时候出去的？"妈妈皱着眉头看了李七明一眼，问道。

"我在濛濛家。"

"到处去玩，属相老鼠，就像老鼠。"她的眼睛又转向了电视。说完，调大了一点音量。

李七明仍在想六块老师的事情。对于自己的临阵脱逃，庆幸，又带着些自责。但是现在回到了房间，他很快就把今晚的奇遇抛到了一边。他坐在凳子上发了一会儿呆，拉开抽屉，拿出一盒橡皮泥，开始捏橡皮泥。他最初想捏一个细皮嫩肉的唐僧，用肉色打底，搓一个鹅蛋形的脑袋。但肉色不像肉色，像土黄色，唐僧去了印度，晒黑了。除此以外就没有其他颜色了。且捏不像，唐僧的眉毛细细一条，需要濛濛那样巧巧的小手。李七明放弃了唐僧，转捏一个妈妈。妈妈更难捏。总之，橡皮泥捏什么不像什么，就像块不成器的泥巴。李七明继续坐在桌子前发呆，一会儿，来了灵感，把所有颜色的橡皮泥混捏在了一块，搓成了一个大圆。

等他捏完了，才想起这盒橡皮泥是濛濛借给自己的。

他决定，用这团五颜六色的橡皮泥，最后搞一次认真的创作。他决定再捏一个爸爸。可他记不清爸爸的眉毛是宽的还是细的，记不清他的鼻梁是有多高。

"爸爸！"李七明在房间里大叫。

"啊？"客厅里的妈妈应了一声。

"我叫爸爸——"

"你爸爸出去了——"

"哪儿去了？"

"出差——"

"啊——"

李七明不知道再说些什么好。他觉得自己稍纵即逝的艺术创作灵感因此被毁了。原本这个泥塑一定可以放到幼儿园里去做展览的。他再也捏不出一个最像爸爸的泥塑了。他坐在椅子上委屈地哭起来。

第二天，李七明去濛濛家还橡皮泥。濛濛拿到了那个五颜六色的橡皮泥球，也瘪着嘴大哭起来。她一哭出声，就立刻抱着那颗橡皮泥球，头也不回地往屋子里跑。李七明孤零零地站在门口，很不高兴，没有了追她的兴致。他折了路边的一支柳树枝，做成了一顶草帽，戴在头上，郁闷地走回了家。

第三天，李七明去濛濛家。濛濛搬出了一张凳子，坐在堂前，听见门响，一看是李七明来了，冷哼一声，转过脸去。李七明笑嘻嘻地走上去，心里哭出了声。

"你在玩什么新鲜玩意儿？"

"新鲜玩意儿？你干的好事！"

濛濛还在分离着那颗橡皮泥球，一点一点剥出不一样的颜色。她一定剥了很久了。橡皮泥球只被她分出了一点点，还有大半仍是混沌的颜色。

"我捏的这个，是艺术品，是远古时期混沌的地球。"

濛濛不理睬他。

等到第四天，李七明去幼儿园，才想起来六块老师的事，李七明怕小雪老师问他："李七明，六块老师到哪里去了？"

五

集场里空空荡荡的，被碾过的草了无生气。起风时，传单还有废纸屑会盘旋着升到高空去。这里的铁门不上锁之后，变成周围孩子的足球场。他们穿上钉鞋，结队来这里踢足球，谁踢得最糟糕，就将谁的裤子脱下，绑在竹竿上当作旗子挥舞。

赵南山带着妮妮，抱着一个皮球，乐呵呵地去玩耍了，回来时球不见了，人哭得一把鼻涕一把泪，什么话也说不出来。妮妮讥笑着说：

"赵南山被一年级的大哥哥脱掉了裤子，绑在电线杆上了。"

李七明怎么也不敢相信，那个倒立最厉害的赵南山也会被别人给制服。

赵南山瘪着一张嘴，看着妮妮讥笑的眼睛，身子一抽一抽的，哭声更猛烈了。

那天以后，李七明就没有再去过集场，听妮妮这样说，更不敢去了。

他们决定先向小雪老师报告这件事。李七明扶着赵南山，身后另跟着几个小喽啰，一副为民请愿的架势。小雪老师的房门关着，房间透着昏暗的阳光。

"敲敲门。"

"我自己敲。"赵南山咬牙切齿地说。

"咚咚！"

李七明模仿门铃："叮咚叮咚！"

"芝麻开门！"

"西瓜开门！"

"小雪老师！"

他们没有地方可去，只好继续敲门。

他们觉得，等待门开的时间就快要让这个夏季过去了。终于，门开了一条缝，门缝里，小雪的头发乱糟糟的，探出一双眼睛，见门口围着众多孩子，心里有些慌张。

"出什么事了，怎么这么多人？"

"赵南山刚才被人绑在树上了。"李七明说。

"不是树，是电线杆，一根猪腿粗的电线杆上。"妮妮打了李七明一下，纠正说。

"好的，我知道了。你们回去吧，小雪老师一会儿就处理。"小雪脸色绯红，说完，就要关上房门。

赵南山立刻把他的四根手指塞进了门缝里，哭着说：

"六块老师呢？"

"他最近很忙，他有事。"

"六块老师怎么还不回来？"赵南山一边说，一边剧烈地咳嗽起来。他用手努力掰开门缝，不让她把复仇的希望轻率地关上。可小雪后脚像抵着地面，门缝怎么也打不开了。

这样的气氛有些僵硬，像一碗凉了的豆浆。李七明看见屋子里的小雪老师穿着清凉，一件丝绸材质的白色无袖衫。他明白了什么，说：

"小雪老师在洗澡。"

小雪嘴里含糊不清地嘟哝了一声，之后点点头。那扇门就这样关上了。剩下一些孩子站在门口，他们也在小声嘟哝着。

赵南山弓着腰，试着哭了一下，却没能流出眼泪。

这样说起来，距离演出结束已经四天了。

赵南山在操场上疯狂地练习着小母牛倒立，以此怀念他们逝去的六块老师。往常，六块老师时时可见，他们不在乎他究竟长得什么模样，可是一旦他失踪，孩子们就开始争论起来：六块老师的脸上有没有痣。一个说有，在胡子左边。另一个说没有，真的没有，不信我们再去问问小雪老师。不过很快，认为有痣的孩子让步了，说也许那天六块老师的脸上粘住了一个脏东西。坚持无痣的孩子就说：这可以有。他们就这样达成了协议。倒立的赵南山摔下来，捂着脸哭喊着：

"六块老师，六块老师！"

他们以为，这辈子再也看不见六块老师了。看不见他的原因总共有一千多个。赵南山以为六块老师掉进了鱼塘里，身上沾满了污泥，变成了一个兵马俑，被人运去了陕西做展览，而解除这种魔咒的唯一办法，就是需要他拿一个坚硬的锤子敲开已经风干石化了的烂泥块。为此，他悄悄向人打听，陕西是往溪东路走还是往长宁街去。妮妮的脑袋里全是六块老师被人脱去裤子，绑在电线杆上的画面，就像赵南山那样。而绑他的人，每天喂六块老师东西吃，他们往他的嘴里塞饼干，弄得他满嘴都是饼干屑。他们还喂六块老师喝啤酒，啤酒的气泡盖过了他的脸庞，就这样，活生生绑了他四天。

李七明以为，六块老师"起义"失败，带着七十多人反抗七个人的队伍，最后落荒而逃了，但是他不能说。

关于起义，李七明在电视上看见过好多回，那些义士，一个一个穿着蓝色白色的麻布衫，不顾权势，不怕牺牲。他甚至能看见自己偷偷溜走以后，六块老师向前冲锋的画面，甚至还能听见他尖锐的呐喊声：

"小雪！"

而这个"起义"的人忽然推开大门，回来了。

六块带着一身传奇光环回来的第一件事，就是用红漆木门和拳头粗的黑色锁链，将小雪老师锁在了房间里。小雪老师的房间是不能洗澡的。门环上吊着一把拳头大的锁，钥匙收进了六块的裤兜里。

幼儿园的学生一起聚拢过来，隔了些距离，围着他看，他发恼了，像开玩笑，又像是认真的，他甩着自己的手臂，对他们大吼着："找死，滚开些！"

他一脚将蚕厂的破竹篾踢得飞起来，然后又变得近乎透明，慢慢消失了。幼儿园的学生在半个小时以后才把张大的嘴慢慢闭上，转着脑袋互相询问：

"刚才是六块老师回来过了吗？"

"我们不是在做梦吧？"

分明是真的，小雪老师房门的那一串铁锁还冷静地垂着。

小雪老师在房间里，拉开里面的厚布窗帘，接着拔起了窗户的锁闩，打开了窗子。窗子装着锈迹斑斑的铁栅栏，现在她一定后悔装防盗铁栅栏了。否则想锁住一个人，还得钉上窗户。

在这些围观小兵找到办法营救出小雪老师之前，他们一直围在房门边上。不久，消失了的六块老师又在蚕厂的空地上出现了。那些围拢在窗子底下的人纷纷散开，让出了一片空地。

六块在二十分钟以前发现床单上多了一个香烟烫出的洞，另外，还有一点陌生的气味。他起初还觉得自己想法猥琐。可却发现床脚边上一个被鞋底踩扁了的陌生的香烟屁股，稀薄成一张纸片，是大红鹰牌的。

六块从不抽大红鹰。小雪也看见了，神色一下子紧张起来，说："屋子里脏了，是不是要扫扫？"

"是谁？"

"你在说什么？"

六块捏住的肩膀，推耸她在床上，说：

"到底是谁？"

"什么谁，什么谁？应该是我扫地的时候从外边不小心带进来的，粘在扫把头上啦。今天真是晦气。"

六块一时无言。小雪更来劲了，继续说：

"那你呢，就知道问我谁谁谁，你这么多天去哪儿了，你是被埋了么？"

他决定把小雪关在屋子里。他趁着她还躺倒在床铺上的时候，冲出门外。铁门合至门缝，他看见了小雪冷冷的眼睛像是一台机器。他没了主意。他甚至忘了再问一次：究竟是谁？

最后一点门缝也合上了。

六

李七明在得知濛濛的肚子越来越大的时候，开始思考宇宙起源的问题。他曾经问过爷爷，人是怎么来的。当时爷爷对着尿桶，正全神贯注地在滋尿，头低着，嘴巴束起来，好像对这个问题很头疼。接着，从厕所出来以后，他给李七明讲了女娲造人的故事。

"那么女娲呢？女娲是怎么来的？"

爷爷吓他，嘴里低沉地"呜"了一声，说：

"不要乱讲话。妄议神仙，小心雷公打到你的头上。"

真正的夏季就快来临，一起来的还有接连不断的雷雨。中午才吃完饭，还来不及收拾，天色就阴沉下来，趁大雨还没有落，李七明跑到濛濛家里，和濛濛一起搬来一条长条凳子，坐在屋檐下。

"我们家没有汽水了。"濛濛有些不好意思地说。两个人干干地坐着，等着大自然的这场表演。雨开始连缀着落下，外面的世界起了一层薄薄的雾。世界喧闹一片，又因此变得更安静了。

桌子上，一只竹篾盖着饭菜。濛濛的妈妈正在灶头间洗碗，乒乒乓乓的。

"你妈妈在洗碗。"

"是呀，吵死了。"

"下雨不吵吗？"

"有时候吵。"

"我也这样觉得，有时候吵，有时候不吵。"李七明说完，折下身子，隔着衣服摸了摸她的肚子。

"你的肚子，还好吗？"

濛濛低头看了看，说：

"有时候好，有时候不好。"

"你问过你的爸爸妈妈了吗？"李七明满脸愧色地问，又把手放在她的肚子揉了揉，好像期待濛濛只是消化不良。

"问过了，我说我的肚子越来越大了，他们也像你一样，叫我用手揉揉，没过多久就会好的。可是他们哪里知道，我这是怀孕了呢。"

"你轻声一点。"李七明要伸手捂她的嘴，着急地说。他们把眼睛瞟向厨房间。过了一会儿，又说：

"其实……那个……你应该不是怀孕，按理来说，我们那样不会……"

"闭嘴！我知道你是想赖账！"

李七明只好立刻闭嘴，不敢再看濛濛。

现在他们在幼儿园里，玩的最多的游戏变成了过家家。李七明和濛濛永久结为夫妻了，不论在什么时候，他们的角色从来没有替换过。而那几天，幼儿园也不太平。六块把小雪老师锁在屋子里的事情，有孩子跑回家告诉了家长，家长报了警。赵南山对围在他身边的孩子说：

"让我找到了那个告状的人，我要放蛇咬他，我要叫我家后面的老虎生吃他。小雪老师有了姘头，还不允许关她两天。"

"你说的话我听不太懂，什么是姘头？"李七明问。

"姘头都不知道？"

李七明大概知道了，但还是想问。他想听赵南山更直白更露骨地解释一遍他们的小雪老师。

镇上的派出所高度重视案情，火速派出了警力支援。没过多久，幼儿园里来了一个瘦瘦矮矮的民警，警服套在他的身上又宽又肥。这些小孩都是第一次看见真警察，纷纷围拢过去，跳起来摸摸他的肩章，盯着他的帽徽。他们想看看警察到底是怎么破案的，看看他们是怎么样用卷尺丈量窗台上的脚印，还有提取门把手上的指纹的。可是这个又矮又瘦的警察只是从屁股的口袋里掏出折了两下的本子，又瞧瞧那扇斑驳的红漆木门。

小雪老师还在屋子里关着。

警察转过身去，面无表情地大喊一声：

"开起来！"

六块看见警察叩门，不情愿地走过去，掏出钥匙。小雪脱掉了鞋子，正坐在床沿上看电视。电视放着爱情连续剧。她听见门开了，抬头看了一眼警察，又没事人一般地转过脸，继续看着电视。床铺边的小桌板上摆着半碗没有吃完的盐水毛豆角，是六块隔着窗户栅栏递送进来的。

"把电视机关了，我来问问情况。"

小雪才又看了眼前的那个警察一眼，关了电视，套好鞋袜，一声也不吭。

那个警察在本子上写了几句什么。过了一会儿，说："小吵小闹都能理解，但是关人不能乱来，我们可是法治国家。"说完，要六块在一本册子上签字，表明事情已经解决了。六块不想签，说："我老婆疑似偷人，问题还没有解决。"警察装作听不懂的样子，说："内部矛盾内部解决。"六块签完了名，警察立刻就走了，六块后脚也骂骂咧咧地跟着出去了。

孩子们觉得一点也不过瘾。枪呢？没有枪，怎么警棍和盾牌也没有？没有盾牌，怎么连推理也没有？那个又瘦又矮的警察连指纹和脚印也没有排查，甚至连警车也没有，就骑着一辆自行车来来去去。

小雪从她的屋子里慢慢走出来，带上了门，沉默着。围在门前的孩子一哄而散，赵南山跑得最远最快。小雪从储藏室里背出两麻袋积木，让大家上了一个下午的劳技课，而她则坐在教室的前面，手肘撑在钢琴的牡丹花遮布上，发着呆。

七

她的心里藏着心事，没有人可以理解。一个豌豆种子掉在了泥土里有什么可担心的？可是她却担心得要命，担心有一天豌豆悄悄发了芽，突然长出一棵豌豆树苗来。她忘记了一件事：世界上从来没有豌豆树。

李七明妈妈叫小忆，小忆真正担心的是，这颗豌豆种子，是她从小泥鳅家里偷偷拿来的。在她窃取这颗种子以前，这颗种子就像被献祭那样，端放在吃饭的木头方桌的中心点上。她趁小泥鳅穿套头 T 恤的时候，悄悄就揣进了兜里。她想要凭借这个东西留下一点想念，以为小泥鳅家的豌豆种子会坚硬得和木珠一样。可是很快，这颗种子的表皮就开始腐烂了。

小忆总是喜欢走到小泥鳅工作的茶馆里去。茶馆生意冷清，离小忆家五百米远。那就像是一个地标建筑。小忆每次走到茶馆，心里都会想着：又走了一里路。来回就是两里路了。

一间昏暗的茶馆里，老式木门被打开时"吱呀"一声叫唤。小泥鳅正坐在柜台前打盹，听见声响，抬头看见是小忆。他笑起来，说：

"小忆姐姐来了。"

她开门时，茶馆外的阳光还很强烈，照在地上一片明亮，小忆脸上也是笑着的，但是逆着光，小泥鳅睡眼惺忪，没能看见。

小泥鳅说：

"等一下，新的一壶水马上就烧好了。"

她几乎每天都是这样，一有时间就跑到茶馆里来看看服务员小泥鳅，让他陪着她度过一个个闷热的下午。

关上门后，这间屋子里唯一的光源，是从柜台上方玻璃窗户，斜射进来的一束阳光。茶馆里并不燥热，而是阴着，他们把靠窗的窗帘都放下来，铺子里静悄悄的。

趁着倒茶的机会，小泥鳅坐到了小忆的身边。没过多久，他又趴在桌子上睡着了，连胸口的围裙也没有摘下来。小忆看着他年轻的脖颈，那段皮肤，几乎和自己的一样白嫩。

小泥鳅和小忆呆坐在一起，时间是从下午到傍晚，天际金黄如流。镇上的温度先前燥热不堪，过了很久，田野上自会吹起凉爽的晚风。那时小忆壶里的红茶也凉了，于是慢慢地，一个人向家中走去。

八

李七明喝完了碗里的粥，把碗端到了厨房里。他看着坐在客厅里的六块老师，眼神怯怯的。六块正在给李七明的爸爸打电话。

过了一会儿，他挂上电话，问李七明：

"怎么还是打不通？李七明，你给我的这个号码到底对不对？"

李七明说：

"应该对。"

六块皱起眉头，嘟哝着，又打了一次。之后撂上电话，坐在沙发上抽了一支烟。

"六块老师，小雪老师去哪里了？"

"不知道。哎，真是过分！"

"什么过分？"

"等你爸妈接电话了，我一定好好教训他们两个，这是跑哪里去了？小孩也不要了吗？"

李七明傻站着，听六块说爸爸妈妈不要自己了，眼睛酸酸的，很快眼前雾水涟涟。六块老师就在边上，让他不敢大声哭泣。因为六块老师说过，哭的时候只要倒立，眼泪就流不出来了。他害怕倒立。一台凸屏的彩电放着动画片《猫和老鼠》，汤姆和杰瑞又在做不理智的举动。这一集李七明已经看过很多遍了，所以低着头，没有兴致。

"你怎么不看呢？"六块老师皱着眉头抽烟，手上拿着遥控器，拍拍身边的位置说，"来，坐近一点呀。"

李七明坐着，不知该说些什么。六块把烟叼在嘴里，又拿起电话，拿起纸片，拨了号码。另一边照旧是忙音。他朝着话筒大骂了一声，把听筒重摔了回去。听筒才掉进了电话机里，他便又拎起来，再打了一次。还没有等通话铃声响起，就又撂下电话了。

两个人坐在沙发上，屁股紧紧挨在一起。他们一起看那只蠢猫和聪明的老鼠。

六块叼着烟说：

"其实我明白，这部动画有很深的政治意图。我总感觉，这个猫像是在影射……"

政治？六块说了一些李七明听不懂的话。

"李七明。"

"嗯？"

"老师来考考你，猫的英文怎么说？"

"猫？我想想。小雪老师没有教过我们英文。"

"我教你，你记住了，猫就是 Tom，老鼠就是 Jerry，嗯？"

他说完了英文单词，兴致高昂了很多。一会儿，伸手牵住了李七明，说：

"起来吧，我带你去找爸爸妈妈。"

"那我带你去找小雪老师。"李七明拽着六块的手说。

六块的手是瘦削的。

他们牵着手，走到门外。地上湿漉漉的。

"下雨了吗？"

天色阴沉，远处有浓云翻滚。可他们看不见有雨飘落。

远方，传来一阵铁铺打制的声音。

"这种天气，打铁倒是最适合。铁炉可以祛湿。"

潮湿的地面黏糊糊的。六块拿起一把靠在墙角的直柄雨伞。等他带着李七明一起撑开伞，听见了雨点落在伞面上的嘚嘚声。像一只单脚跳跃的小兽。

他们往右转向，走了几步，又很快折返，六块点了点李七明的脑袋，指指左边，说："这边。"

他们贴着左边的路沿，并排走着。路过长宁河，长宁河很阔，他们停下脚步，站在桥上，看着河道里的河水从容地流淌着，顺带走了河道两旁的已经腐败了的枝叶。李七明的手扒在桥栏上，脑袋使劲往缝隙里挤。六块拍了拍他，没有说话，耐心地等待着，让李七明看个够。

他们的手牵在一起，路过了河滩后的一小片竹林。路过了竹林后，邻舍的砖瓦房屋。

李七明冷得瑟瑟发抖，筛子一样摆动起了身体和嘴唇。

"六块老师，我们去哪里？"

其实六块也不知道要去哪里。只是坐在家里一点意义也没有。可是要找人，镇上那么大，他们还要先张贴寻人启事。

雨渐渐停了，天变亮了一点。

李七明一边发抖，一边笑起来。他像校准机器那样，有节奏地打着战，最后，他抱住了六块温暖的毛茸茸的大腿根。返程的时候，他和六块一起，又在桥上俯视了一会儿，就心满意足地回到了那个温暖的避风港里去了，尽管在屋子里除了看电视，别的一点事也做不了。

很快，六块又开始打起了电话。

"六块老师，不要再给他们打电话了。"李七明在他打空了两个电话而有些嘀咕之后，轻轻地说。

"嗯？"六块才把听筒拎起来，准备进行第三次尝试。

"我要去找濛濛。"

屋子里的灯光是黄色的，在李七明的头上照出一个淡黄色的光圈。六块晃神地看着光圈，一会儿，叹了一口气，说：

"我的屋子里确实太无趣了。去吧，我把你送过去。"

"不，六块老师，让我自己过去！"

"就在边上，我把你送过去。"

李七明一时间找不到不让六块送他到濛濛家的理由。只好和六块牵着手，一起出发。

他们忍受着屋外的细雨和冰刀一样的风，六块安慰他说，还好晴朗了一点，不然真不知道这风会不会把房子给削掉。经他这么一修饰，李七明恍然觉得自己像正在进行一项挑战自然的伟业，一下子就不害怕冷了。

六块带李七明到了濛濛家门前。他叮嘱一句，便捂住袖管，往回走去。

李七明在濛濛家门前张望了一会儿，他往亮堂堂的门缝里偷看。看见濛濛正坐在屋子里画画，她的妈妈在边上翻一本杂志。

"蜡笔就快要用完了。"濛濛低着头，手上握着笔说。

她妈妈说："明天去买。顺道重新给你买一盒橡皮泥。以前那个黑乎乎的一团，成什么样啦？"

李七明扶着门框听完，悄悄退了几步，之后往大河那边跑去。

天色渐渐更明朗了，能听见时断时续的鸟鸣声划过。他在某个路段的某个路口转了向，沿着一条两边都是野草野花的石子路，向长宁河的岸边慢慢走着。

因为这雨，湖面上起了寡淡的烟雾。

那是一栋灰色水泥筑墙的房子，一扇两米高的合页铁门正在缓缓打开。李七明站着，身体又微微颤抖起来。

"小雪老师。"

"爸爸！"

他看见他的爸爸和小雪老师挽着手，从那扇合页铁门的门缝里神色警惕地钻出来。小雪老师看见了李七明，拍了一下他爸爸的肩，两人挽着的手便立刻松开了。

他爸爸红着一张面孔假装惊讶时，李七明感到一阵难过。他在自己的衣服上用力擦了擦手，他的眼眶开始发红，嘴唇上下颤抖得更厉害了。自从濛濛不怪他捏烂橡皮泥以后，他从来没有像今天这样伤心。

那时，小忆在茶馆睡着了，忽然觉得脚下踏空，打了一个寒战，闭着的眼睛突然睁开，慌忙地翻找小灵通查看时间。小灵通不知道放到哪里去了，她只好透过微弱的光，转头看自己的手表。

"小泥鳅——"

小泥鳅吓了一跳，问：

"怎么了？"

"完了！睡过头了，我还得回家做饭。他们一定满大街找我去了！"

"他们？谁？他今天不是出差吗？"

被他这么一说，她才有些冷静下来。她伸手捋了一把长发，点点头，自顾自地说：

"茶馆里真是催眠。"

她立刻开始收拾，一边走一边咳嗽着。

小泥鳅则一动不动的，转了一个侧面，接着睡着了。

小忆看着小泥鳅睡着的样子，说：

"小泥鳅，我走啦。"

小泥鳅打着呼噜。

"你怎么在外面乱跑？"

李六合红着脸，假装生气地问他的儿子。

"家里一个人也没有。"

"那么你妈妈呢？"

"不知道。"

"真是过分。"李六合说，脸更红了。他弯着身子，伸手抓住了挂在李七明脖子上的钥匙，放到眼前看了一会儿。接着又看了看前边的路，说："钥匙没有丢。小雪，工作暂时这样吧，你先回去。李七明，和小雪老师说再见。"

小雪向李七明挥挥手，像幼儿园里经常做的那样，嗲声嗲气地说："李七明小朋友，再见。"

这是他今天第四次经过那座大桥，桥下的水流更盛了。李六合蹲下来擦他的眼泪，他的眼泪像一条小溪流一样蜿蜒。

九

三人围坐在一张小方桌上。再高尚的人，吃饭的程序也是一样的：张开嘴，吧唧咀嚼。

李七明在六块老师家已经吃过了，可他不敢说，只好端起碗又吃了一遍。

饭桌挨着窗户。爸爸吃了一半，突然嗝一口筷子，放下筷子，转身打开了窗户。窗子外面打铁声这下清晰地传进了屋子里。

"哪儿在打铁？"李七明问。

"什么打铁？"

"窗户啊。"

小忆竖起耳朵听了一会儿，说："还真有。"

可是李六合的脸上一副漠不关心的表情，让他们对这个问题也失去了探索欲望。

李六合吃完饭，开始打嗝放屁，靠在椅子上喘气，一会儿咳出一口痰。小忆皱皱眉。

"怎么？"

"你有点儿感冒。"小忆说。

"你今天去哪里了？"李六合问。

"没有。"小忆想到了和小泥鳅共度的下午，心里笑起来。

"什么没有？"

李六合表情严肃的时候，感觉到李七明正在盯着他看，一下子假装开玩笑地捏了一下小忆的胳膊，吱吱吱地笑起来。

"爸爸，你真像警察。"

李六合又笑了一声。

吃完饭，天色就暗了。小忆说，半生不熟的土豆丝是最好吃的，所以她还坐在饭桌上，一根一根夹着土豆丝。

一个半小时以后，李七明进入了梦乡。

他和其他幼儿园同学来到了一条大船上，而他没有穿裤衩，手捂着脸，在人群中避来躲去。

很快，他听见有人开枪了。

这枪声，听着像是木槌重重地敲砸在木桩上，沉闷却清脆，他在梦中爬上大船的桅杆，左晃右闪。

他从梦中的桅杆上摔下来时，终于发现这夯实的声音来自房门外，并非源自那场画面清晰的梦境。木门外边是怎么样的一个世界？李七明听见女人的叫喊声、玻璃碎裂的声音，接着是一阵沉默。

很快，就连他房间的木门也开始抖动起来，沉闷的枪又响了两声。他躲在被子里，手捏住被角，用被子闷住了脑袋。他躲在被子里调控自己的呼吸，不久，他又重重掀开盖在脸上的那张被子。门外仍旧是枪声不断，他铆足了力气，大喊一声：

"不要吵——怎么这么吵闹！"

门外的老鼠吓得跳起来，又碰坏了桌上的玻璃瓶，瓶子掉在地上，咔嚓一声响，碎成了几瓣。这才消停一些，木门也不再颤抖了。迷迷糊糊的时候，李七明继续做起了那艘大船上的梦。

而木门外，黑暗中的那两只老鼠又接着争斗起来，他们开始啃咬木头桌子，开始破坏着家中的一切可见的家具。这让李七明再一次脱离了梦中的那艘大船，他心中的怒火指使他从床上跳起来，赤脚趴在木门板上，悄悄窃听着。

"窸窸窣窣……"

他听见门外的父母压低了声音在说话，他也低低喊了一声：

"喂。"

门外立刻安静下来。他又把耳朵贴到木门上，这下什么杂音也没有了。李七明笑起来，知道了自己的厉害。他心满意足地躺回床上。

月光照在他的腿上。他看着黑暗之中蓝色的空气。

很快，门外又开始闹起来了。他重重地咳嗽一声，吵闹声戛然而止。他抑制不住地咧开嘴笑起来。

他鼓足勇气，决定打开房门。

他看见小忆躺在地上，一动不动地睡着了。

"妈妈。"他叫起来。"你怎么在这里睡觉？"

"妈妈？"

"妈妈没事。在和爸爸捉老鼠。"

李六合气鼓鼓地站在边上。

"没有事，"小忆从地上站起来，摸了摸李七明的脑袋。"妈妈摔倒了，你快去睡觉吧。"

李七明借着月光，看见妈妈的脑袋肿起一个鹅卵石大小的包。他笑着说：

"妈妈也快回去睡觉吧。"

他摸了摸妈妈温热的手掌，两个人各自回房去了。李七明用力地蒙住了自己的脑袋。

老鼠太吵了。

十

李七明总是回首着那一天。直到过了很久，他还能准确地记起当时拿着拖把，和幼儿园同学去溪边洗拖把的场景。回来的时候，他说，濛濛，你带着我的拖把回去，我决定，去小店买一盒阿尔卑斯。濛濛怪叫起来：

"李七明，你发财了。"

他走进小店买糖，老板坐在摇椅上逗弄小孙子。五块钱一条软糖，他掏了口袋半天才摸出一张皱巴巴的纸币。回到幼儿园以后，大家把他围起来，纷纷与他勾肩搭背，期望能分到一颗还没有拆封的阿尔卑斯。

李七明看见濛濛目不转睛地盯着自己，他掏了掏口袋，把那一条软糖交到濛濛的手中。

"人太多了，我不知道该怎么分。"

"我来帮你分。"濛濛接过软糖，浅笑一下，索性将糖都藏在了自己的身后。

围拢在外圈的人感到有一丝绝望，有些不舍地散开了。不一会儿，濛濛藏在身后的手摊开来，大家凑过脑袋数了数，有五颗糖。可他们有六个人。站在一旁伸长了脖子的赵南山顿了顿脑袋，仔仔细细把糖的数量数了一遍，冷哼一声，说：

"吃糖算什么本事，看我吃辣椒。"

说完，他就把小雪老师种在陶盆里的辣椒摘了一个，放进了嘴里嚼。小雪老师老远看见了，赶过来，说：

"哎，小鬼！这个哪能这样吃的！"

赵南山辣出了眼泪，另外五个人吮着嘴里的糖，发出啧啧的声音，静静地看着他笑。

那一天的意义就是吃糖。

放学以后，李七明和濛濛绕过了那座大桥，桥上的车交头接耳，灰尘蒙蔽了他们的天空。天空是灰的、白的、苍白的。他们趁着太阳还像一盏煤油灯的时候，艰难地绕行至幼儿园后面的那座矮山的山腰上。他们对着山谷一起大喊：我们的脚快要断了！山谷回答说：要断了！矮山上有青草和红色蓝色的小野花。他们在这片草场上追逐着，奔跑着，互相叫着对方的名字。然后，他们靠在一起，躺在那片草地上，看天上的白云飘过。

"没有回声了。"

"要火车才有回声，呜呜呜呜呜呜。"

"呜呜呜——"山谷回答说。

他们想起了火车在山谷里穿梭的画面。

树林远处传来了麻雀群起啾啾的叫声。

"要我说，赵南山可真厉害。又能倒立，又能吃辣。"

"他像莽夫一样。"

他们躺在软绵绵的绿色床铺上。空气是温热的，李七明仿佛掉进了云朵里，四周的温暖簇拥着他，他的脑袋开始不由得胡思乱想，很快便要入睡了。

"我听说，你爸爸妈妈吵架了。"

"嗯。"他醒了过来。

"他们打架了吗？"

李七明闭着眼，点点头。

"唉。"

濛濛轻轻叹了一口气。

山上还有一点余热，草地尚是温暖的。濛濛靠他近了一些，摸着他的肩膀。过了一会儿，她问：

"香吗？"

李七明睁开眼睛，看见她正握着一把白色的小花放在自己的鼻前。

他们两个嘻嘻笑起来。接着，他闭上眼睛，点点头。

过了一会儿，他又听见了濛濛的哭声。

"怎么了？"

时间的鸟从天空飞过。李七明看见了天上的世界。他轻轻地想：月亮马上要出来了。

"我不知道要怎么安慰你。我觉得快要失去了。"

"失去什么？"

李七明笑起来问："你在说什么？"

他们在草地上，像夫妻那样拥抱在一起。不久，天变凉了，他们一起闭上眼睛，山坡上缓缓吹来了凉爽的夏季的风，从脚踝拂至耳垂。

河沥镇上

河 沥

临走的时候，我仍没明白这小镇到底是河沥溪镇还是河沥镇。当地人念溪字很好听，一个扭曲的"七"的发音，软绵绵的，像一个弄皱了的线条。

那么且称之为河沥溪吧。

我刚到河沥溪时，住在华北路的一间小宾馆。华北路是一条夜晚黑漆漆的小巷，小宾馆叫"胜利宾馆"，同一路上，紧挨着"人民宾馆""花园宾馆"。老板娘是个胖出了褶子的妇女，见我进门，站起来，坐着的弹簧座椅扑通高升。要查看证件。

"同志，做什么事？要住宿，证件看一哈。"

我看她笑吟吟的，随手递过了我的作协证。

"这是啥？"

"这也是证件。我来河沥溪记录点东西。"

她的眼睛亮起来："记者？河沥溪有啥好记的？"

我不是记者。但我红着脸点点头。

她捏着我的证件，转头忙唤在里屋做作业的小儿子。

"阿思，喂，阿思——"

里屋跑出来一个瘦瘦矮矮的小男孩，捏着一支圆珠笔，冲我看了一眼，又低下头去。

"这个哥哥是记者。"

阿思用皖式普通话问我：

"哥哥，你是智者吗？"

我说："是记者，不是智者。"

我就住下了。

老板娘说："好嘛，学生，有空教教我儿子作业。"

阿思怯怯地看了我一眼，怕我说：不教。

胜利宾馆有两层，一层全用作接待了，摆了一张不实用的沙发，堆满了等待纺纱的线。总共四个房间六张床。这规模实际上不算宾馆，充其量算一个招待所。

宾馆二楼空空荡荡的，只有我一个人住着。我住在单人间，又向老板娘要了一张桌子。老板娘搬上一张油腻腻的折叠桌。我说，不好，太油了。她便拎过一块积满灰尘的抹布，笑嘻嘻地说："擦擦么，给你擦擦。"

下午五点，二楼拐角的厨房开始炖腌菜兔肉火锅。我从来没有闻过这么香的味道，想起了我爸说过，腌菜逮着个兔子一起炖，都是香的。

一会儿，老板娘敲门叫我："学生，在不在，学生，在不在？"

我扯着嗓子说："在啊！"

"腌菜火锅你吃吗？自家脚踩的腌菜。"

我沉默了一阵，说："不啊！你们吃吧！"

华北路往北一点，是几家餐馆，竖着 LED 招牌，饭店名字全是"客来香""迎香来"之类。我要了一份醋炒鸡盖浇饭，没想到饭和菜是分开的，一海碗米饭，一碟青椒醋炒鸡，只要十元。我说："饭菜分开的呀！"

炒菜的厨师忙着颠锅，打量了我一眼，说：

"你自己盖么！"

周围坐满了海吃的人，他们汗津津的头发黏在前额上，忙着呼啦呼啦扒米饭。饭桶安置在角落里，有上去盛饭的人，饭盛多了，坐回座位之后又匀了点给边上的食客。

晚上回去了，老板娘正在收拾碗筷。她听见声音，转过头来看见是我，笑着说："学生，写完啦？"

我说："啊？什么东西？"旋即又想起上午与她说过记者的事，便回答道："没有，早着呢！"

她说："嘿嘿，写啥呢？河沥有啥好写的？"我想了想，说："嗯。"

在河沥溪，人人说话都很响亮，交谈时说话需大声。

小　思

　　皖南的小思普通话不太好，人还长得瘦条条的。要是在杭州读小学，准被同学欺负嘲笑。但在河沥溪没关系，大家讲话都像他的腔调，大部分人的身材也都是像他这样瘦条条的。

　　早晨他坐在门口的竹凳上，翻小人书。我正锁门，他偷偷瞟我一眼，又低下头去阅读。我路过他时，拿来一看，是地方印刷厂印刷的漫画《奥特曼大战黑猫警长》。

　　小思睁着大眼睛问我：

　　"智者哥哥，你要看吗？"

　　我想，我出门的事也不是那么着急，就坐在椅子上，和他一起看绿色油墨封皮的《奥特曼大战黑猫警长》。小思说：

　　"我们从头开始看吧。"

　　"没关系，我看得懂。"

　　他很固执，好像没有听见我说的话，仍然把书倒至封面，由第一页开始翻起。这是省美术出版社出版的。我陪他看了一会儿，他的样子却有些心不在焉，大概是第一次陪陌生人看书，不太自在。

　　我们围着一本小人书，肩膀紧挨在一起。

　　"你上几年级了？"

　　"一年级了。"

我说："一年级学什么了？"

小思说："识了几个字，会画画了。"

"你的课本呢？"

小思把小人书递给我，跑回里屋，拿出课本，顺带着两幅他的画作。他用作业本上撕下的单薄的纸片作画。他实在没有绘画天赋。一张纸上用铅笔画了一只鸟，却呆若木鸡，我是通过作品名字《老 Ying 》才知道那竟然是一只老鹰。另一张纸上画着一个扭曲的太阳和许多小星星，倒有点毕加索的风格。

我翻开他卷了边的课本，胡乱的下画线与波浪线杂草丛生。他贴在我的肩膀上，指着书本，主动给我念字。课本里的字都有拼音注释。有一篇文章《老鹰捉小鸡》，小思念了一遍标题，看了看我，又继续往下读。他的读音很标准，但是太做作了，一字一顿，读后鼻音"鹰"时，舌头快要顶破天花板了。

我们就那样安静地坐着，听见街上时不时地鸣笛。他又读了一段，接着，把那篇短文都读完了。这次他没有看我，而是自顾自翻页，翻到了看图说话。图上画着一头背着木柴的驴，驴想偷懒，跑到河里让柴浸水，背上的担子却更重了。

"智者哥哥，这个看图说话怎么说？"

我说：

"有一头驴。"

他跟我念道：

"有一头卢。"

"路过河边。"

"路过猴边。"

我摸摸他的头，无心再纠正了。

我们就这样紧挨着坐了一阵。

"你妈妈呢？"

"叽里咕噜。"

他说话飞快。

"什么？"

他指指摆在沙发上的纱线，手做着圆周运动，慢慢地说：

"纺、纱。"

"你爸爸呢？"

"在外面打工。"

"做什么？"

"在上海刷油漆。"

小思说到上海，全身有一股抑制不住的自豪感。他假装不在乎，眼睛故意不看我，却使那自豪感更强了。

"我爸能赚很多钱的。"小思补充说。

我没有问小思，很多钱是多少钱。胜利宾馆三十九块钱一晚上。我在入住时间，为什么不是四十块呢？老板娘故作狡黠地和我说了一个道理：三十九块让人感觉还是三十多嘛，四十块就觉得升了一个档次。当时一楼的电视正在播放着电视节目，是上海东方卫视。里面正在播广告，好像是什么服装展的开幕倒计时。我想问问小思，他觉得这样一件衣服要多少钱，但是我不敢问。小思会告诉我，她的妈妈是纺纱线的，衣服就是纱线做的么，哪值几个钱呢。我想，他们的宾馆房间要让人休息一万个晚上，才能够换那一件衣服。那件衣服甚至没有小思妈妈纺纱制作的舒适。

外边下过雨了，去客来香的路虽是水泥路，却仍泥泞。

那么一条窄窄的华北路。

短短的华北路。

我回去的时候，小思从他的房间搬出了更多漫画书，诸如：《七个人参娃》《猪八戒大战葫芦娃》……他把它们码得整整齐齐的，像一座大厦。他眼巴巴地看着我，期待我再陪着他读小人书。我想，小思的蓝色纺棉短袖起了球，最好粘一粘。

彩　票

河沥的华北路上，总无所事事地站着一些失业的男人。夜晚星星点缀天空，他们点缀华北路。他们横七竖八，稍息立正，嘴上还叼着冒热气的香烟。这里到处是他们的朋友，有时候，他们从小吃店里搬出一把结实的骨牌凳，蜷着腿坐在门口吸溜水饺。河沥的水饺做得像金元宝，一个个的，那么大，皮子厚，馅扎实，跟水煮包子似的。

那些男人挂着鼻涕，嘶——啊，嘶——啊。吃罢，付钱，碗一立，手或背着，或插进口袋，老远望见了熟人，大叫一声："老顾！"老顾回眸一笑。他们则接着左顾右盼，寻找下一个可以打招呼的人，继续无所事事。

这样的男人有很多。我问老板娘，老板娘有些鄙夷地说：

"嗨，等活干呗！"

这些男人之中有许多年轻人，甚至有些年轻人与我一般帅。他们和那些真正的中年人像是一个流水线上生产的，也一样蜷着腿，挤出光滑但并不丰腴的小腿筋肉。他们吸溜着水饺，也一样无所事事地抽着烟。

这让我感觉河沥的治安不太好，闲杂人员一多，最容易问："哎，看什么看！"最容易回答："就看你，怎么了？"所以我在河沥的那几天，手机套上了保护壳，一出门，就揣进裤袋里，拉上拉链。

这天凌晨，我在胜利宾馆二楼醒来，之后便失眠了。我的脑仁发酸，但仍睡不着。

窗外汽车声隆隆，间有鸣笛，伴着乡音的呼喊。我闭着眼睛想，这和我醒来有没有直接关系。我打量着胜利宾馆的天花板，不知道怎么搞的，那么高的天花板，竟然还沾上了许多黑色的斑点。那些斑点应该是蚊子的尸骸，可能是老板娘的老公还在河沥的时候，搬出一把梯子，爬到天花板上打蚊子。

我靠在床上，胡思乱想了一会儿，决定出去走走。出门的时候，小思还睡着。老板娘已经坐在台前玩手机了。她看见我，先是吃了一惊，接着立刻笑起来。叫了我一声："学生！"

我走进华北路上一家没有招牌的早餐店里。我说，来碗水饺。里头一个系着半身围裙的女人正在打扫卫生。她淡淡地说：

"吃肉的还是素的？"

"肉的。猪油渣有吗？再加点儿猪油渣。"

"什么？"

"猪油渣。"

她笑起来：

"你是哪里人？讲话这么不标准。"

吃完碗里的水饺，我打了一个响亮的饱嗝。在河沥，我变得不修边幅，这真让人感觉自由。

从小吃店里走出去时，那些不用工作的男人已经开始横七竖八地站岗了。六点半，河沥已经变得非常敞亮，因人不多，街道显得干净、简洁。我去了华北路上的一家网吧。网吧几乎是当地的支柱产业，原以为河沥的网吧脏乱差，地上必是潮湿的脚印，键盘鼠标油腻黏手。没想到，这一家卫生情况出奇的好，柜台还卖奶茶和鲜榨果汁。要是不办会员卡，五元一小时，办了会员卡，打五折。

我挑了一个角落的位置，边上坐着一个红头发、戴耳钉的年轻人。他斜着眼睛打量我，我也看看他。不一会儿之后，他要抽烟了，突然递给我一支红双喜。

"抽？"

我接了过来，但立刻就后悔了。爷爷教育我，在外留心眼儿，陌生人的东西不能吃。但我已经接下了。我看了看他面无表情，一本正经的模样。

我问："你是哪里人？"

他说："本地人。你呢？"

我说："我外地的，住在胜利宾馆。"

他问："你一个人来河沥打工？"

我心里暗笑，他怎么不想一想，河沥有什么钱可赚？我摇了摇头。

他说："也是，河沥的人都出去打工。"

说完，我们盯着各自的屏幕，有好一阵没有说话。过了一会儿，他突然转过来拍拍我的肩说：

"你一个人在这里，以后有困难找我，我叫大兵。"

我有些感激地点点头。他也笑笑，就继续摆弄自己的键盘了。

"马上要升到钻石了。"他又说。

"我看不懂这个。"

他有些遗憾地向我解释：

"等我升到了钻石，我就是河沥镇上第一人了。"

我冲他点点头。他的眼里全是轻浮的喜悦。

之后，我站起来，先回宾馆了。他抽空看了我一眼，和我抬了抬下巴，说：

"有事情找我大兵。再见,我也一整天没睡觉了。"

我心想:难道他流浪街头?难道是在暗示我邀请他去我的标间睡一觉吗?

但我没有开口邀请他。

回去之后,我和老板娘说,我认识了大兵。老板娘一愣,问:

"是不是嘴唇上有颗痣的大兵?"

我想了想,好像是有颗痣。

老板娘问:

"咋认识的?"

"网吧认识的。"

"网吧?你去网吧玩还是记录东西?"

"玩。"

"大兵也在玩游戏吧?"

"是的。"

"奔三了,还这样。"

"奔三了?"

"那还不奔三啊。"

"啊,我以为和我一样年纪。"

"喊,那哪可能!"

老板娘扔过来一个荸荠,问我:

"学生,吃不吃荸荠?"

我不想吃,吃荸荠太麻烦了,但是我已经接住了,就说:

"吃一个够了。"

中午以后，我心神不宁。脑袋里老是蹦出大兵的混混模样，想到了我的一位初中同学，也是染了一头红发，整天不是打游戏，就是与人打架，后来辍学了。我想，大兵这个人也许可以写一部武侠小说，名字都想好了，叫《大兵传奇》。甚至可以像《陆小凤传奇》一样搞一个系列，《大兵传奇之走出河沥》《大兵传奇之谁动了我的牛肉面》。

第三天，我在一楼陪小思写字时，大兵竟然进来了。我以为是来找我的，但他看见我好像很吃惊。

"哎呀，你也在这里，对了，你说过你住胜利宾馆的。"

他朝柜台那边甩过去一个快递，被老板娘接住了。

"今天你送快递。"老板娘说。"莫抛嘛！"

"嗯，也没几个快递么。"

老板娘就那样笑眯眯地看着他。我站起来，他坐到沙发上，我待他坐稳以后，也一并坐了下去。

我抽出一根中华烟递给他，他斜视的眼睛立即发光，盯着我的中华烟盒。他吃惊的表现，让我感觉这包中华烟物超所值。

他看向柜台，问老板娘：

"又买啥了？"

"跟你说干啥？"老板娘笑嘻嘻地说。

他笑笑。我们坐在一起抽烟。他问我：

"淘宝有钱还是京东有钱？"

我说："淘宝有钱。"

他弹了弹烟灰，说：

"我想想也是，得有几个亿吧。"

"咋啦？你想赚几个亿？"老板娘笑嘻嘻地插嘴说。

"淘宝的老总，马云，是吧？那家伙有钱。"他抽烟着说。

"是。"我说。"大概是。"

"大兵你也有钱，老买彩票，要中五百万元么。"老板娘又插嘴说。

"我中五百万元，先捐出去三百万元给河沥建个小学。"

"你放屁！"老板娘笑着骂。

大兵抽完那支烟就和我挥手再见了。

"走了，还有四个包裹要送。"

"你今天只剩四个包裹了？"

大兵走了以后，我和老板娘说：

"原来大兵是快递员。"

"不是快递员，整天游手好闲的，这里做一点，那里做一点，到处混饭吃。"

"什么意思？"

老板娘叽里呱啦说了一大通，意思是大兵算准了，一天要用多少钱，做一天吃两天，多做一分钱，那就是吃亏了。

小思插嘴说：

"智者哥哥，这个看图说话怎么说？"

我刚想走过去看看是何方图画，老板娘又说：

"学生，吃不吃荸荠？"

我发现，大兵可能是河沥镇上最无聊的人了，除了被迫工作那几个小时，他无时无刻不在消磨自己的生命。他常常在网吧连着上几天的网，烟屁股溢出了烟灰缸。或者是在华北街上杵着，模仿电线杆，左左右右地看着来往的行人。他乱糟糟的头发没有生气。但仔细想想，我也想不出比这更好的打发时间的方式了。难道要大兵去看文学书，像我一样背外文单词吗？

之后一天，我在华北街上遇到了他。他披着一件土黄色的冲锋衣，配一条洗得发毛的牛仔裤。我们还隔得老远，他就和那些无所事事的人一模一样，大声呼喊我的名字。他叫我的名字，脖子仰起来，像一匹老马。我递给他一支中华烟，他故意侧开身子，让更多人看见我手里的烟盒是中华牌的。之后，他把那支烟别到耳朵上，我只好又递给他一支。他推却两下，接下来开始抽。

我说：

"干吗呢？"

"哎呀，瞎逛！"

"怎么不去上网？"

"白天不上，晚上去包夜，八个小时八块钱。"

我点点头。

他那些无所事事的朋友也围上来了，笑嘻嘻地和大兵说话。

好像是想让大兵叫我给他们分烟。大兵没有说话。我一人分了一根，他们就散开走了。但分烟之后，大兵有点不太高兴。

"你去哪儿？"他问我。

"去那条老街上看看。"

他顺着我的手指看去，恍然大悟：

"噢，长宁街，慢走！"

我们挥手再见。

几天之后，我又在街上遇见了抽烟的大兵。我看见他的脸上贴着创可贴，露着的胳膊上贴着膏药，他大概在炫耀自己和别人打了一架。老远地，他还是叫我名字，我分给他一支烟，他一副扭扭捏捏的样子，不好意思接。问我说："这两天还好吧？胜利宾馆还习惯？"我说好的，什么都很好。他说："你一个人在这也不容易，什么时候回去？长宁街看过了，有没有什么新收获？"

那次告别之后，我心里有了另一种想法，我不再觉得他这样浪费时间是理所当然的了。我想告诉他，他应该去城里打工，这是没有办法的事，在河沥，他只能像个行道树。城市里日子过得拮据一点，攒下了一点钱，再回河沥做点小本买卖，就像胜利宾馆的老板娘一样。他奔三了，也该有一个自己的孩子了。

我把这个想法和老板娘说了，老板娘正色地问我："你不会已经和大兵这样说了吧？"我说："还没有。"她说："哎呀，学生，千万别说。"她招手，让我走近一些，说：

"大兵和他女朋友去广州打工，结果女朋友跟了老板，还给老板生了个娃娃。"

　　小思要凑过来听，被他的妈妈赶走了。我的脑袋里浮现出了那些在华北街上无所事事的男人，还有大兵说的话：如果你有困难，就来找我大兵。

　　我想，他宁可从来没有去过城市里。或许哪天他的彩票真的中了大奖。

树精灵

　　我开始对身处的宇宙关心并且感兴趣，父亲对此不屑一顾，看这个干什么？恒星：巨大而又炽热。黑洞是宇宙中的怪物。他凑过脑袋，注视着屏幕：黑乎乎的，像个烂掉的毛桃。深不可测的感受将他吓了一跳，他不满地离开了。叽叽叽叽，此刻他像一台坏掉的复读机一样嘶嘶作响：看这个干什么？卫星就像一整片的雪屑，这是他用力思考后所能得出的唯一比喻。

　　我们家族的命运，最终都是通向一片树林。我们麻木地走进那片林子，寻找一个舒适的处所扎根，慢慢地变成一棵平举手臂、肋部凹陷的树木。父亲凭着劳碌回避对命运的思考，可我的二祖父已经临近了那样的年纪：在一个灰蒙蒙的五月份，他的右手小拇指一夜之间变得僵硬、歪斜地直直竖起，他面无表情，用力地掰折着小拇指，像是处理一节硬木头。"家珍、家珍。"侧卧的墙壁上渗着水，二祖父躺在颇有漏补的棉被上骂骂咧咧：

"要命的东西。怎么我也这样？坏透了。"他用那只尚好的左手用力地掰折翘起的拇指。

我和父亲去看望他时，墙面隐隐透进了那片树林墨绿色的浮光，油花般晕在墙壁，霉菌斑点蔓延得到处都是。他歪着脑袋靠在皮质皲裂、露出海绵的墨绿色沙发中，面无表情地直视着掀开的木门，眼睛盯着门槛上的污点。趁着我和父亲换拖鞋，就学醉鬼那样，"呜呜呜"的声音在喉头滚动着，拼命地拉响警报。"乌拉乌拉。"二奶奶洗着菜，回过头笑着说，"他一看到你们就乌拉乌拉。他高兴。他高兴的时候，还会清醒一点。"他用尚好的左手揪着那一节木棍，眼睛直直地盯着我们的方向。掰折它，像孩子握紧一截钟爱的玩具。

我们穿过铺满碧藻般狭窄的客厅，目的是为了接近某一棵树的位置。

二祖父宽白的额头光光地袒露着，简直可以在上面跑马；贝雷帽子滑落，耷缩在肩膀上。我和父亲一路从武康路小跑至乌鲁木齐路，现在我调整着自己粗重的呼吸，尽可能悄无声息地吸着房间阴冷腐败的气味。二祖父木讷地张着嘴，露出半颗破损的门牙，不置一言。他的眼睫毛脱落了大半，眉毛只剩一层薄薄的绒毛，像雪一样。显然，对于两个人模人样的东西正在靠近的事实，他已经接受，并慢慢复归于平静。那是两个什么东西？一胖一瘦，大概是刚学会直立行走的倭猩猩，可能是巨硕无比的熊罴；或者是两个伐木工，无精打采地拎着锯子正在靠近他，他想要挪动脚步逃跑，但忽然记起自己正在扮演一棵树，他隐约回忆起了那路径明确的、无法躲避的命运：最先是拇指变成了脆硬树枝的一部分，接着是身体的其他部位，最后脚趾生出树根，钻到湿软的黄泥底下，扎根在老祖宗留下的无人河畔。

我们靠着树精灵坐下。我把手放在他光滑冰凉的后脖颈上，他眼光忽地从远处收缩回来，脖子微微一抖。我安抚着，他的眼睛又一动不动地注视着父亲鞋面上的那朵暗红色的印花，突然大声而紧张地叫喊些什么。"又在乌拉乌拉，"二奶奶笑了，"不知道在说些什么。"她递过去一个软毛桃，好让那张叫喊的嘴忙些别的事。二祖父双手捧桃，啮咬着，每次只蚕食一点点，"乌拉乌拉。"那根手指可笑地竖起来，嘴唇嗫嚅着，像是对着毛桃说话。二奶奶在绿色的森林光照下开始回忆，她在当年是如何捡到这个英俊有为的年轻小伙子的，接着，他怎样在年老以后，重新扮演孩子的角色，以便让她经历那段男人的童稚时期。她摆出妈妈般的严格，喂，好好吃毛桃，汁水都漏到衣衫上面啦——接着，真可怕，二奶奶只到居委会去了半个上午，忙完后回到家——我发现他躺在地板上，蠕动着，裸露的黄白身体与深褐色的木地板碰撞着，费劲地模仿一条啃食树皮的毛毛虫。挂钟指向下午三点钟，他目光失焦地眯着眼睛，盯着透明的玻璃钟罩，目光仿佛穿透其上斑驳的磨痕。过后，靠墙壁伸开手站着，我就知道他在模仿一棵松树；下午四点钟，天气变冷了，他就直立地站着，变成了一棵竹子。你说滑不滑稽？为了缓和气氛，父亲无奈地笑了笑。我一时不知该不该笑，就阴沉着脸，装出若有所思的样子。

"事情可能有转机呢？"

"他怀疑自己是帕金森……"二祖父听到了"帕金森"三个字，放在裤腿上的手指便止不住地跃动着，试图引起我们的注意。当医学报刊在中缝写道：……阿尔茨海默病的症状有涎水直挂……（他眼睛直直地钻研着某一个不再表意的图腾，口水洇湿了前胸）……健忘（所以他忘记了语言）……《阿尔茨海默病仍不可逆转》……他用红笔在上面打了一个五角星。

当我独自被那样辽阔的森林包围时，翠绿的柔光水般沐浴，二祖父曾趁机警惕地试图交给我一些物什：卷成一团的线头，一些廉价的赛璐珞材质的人造玛瑙，还有几张赌桌专用的筹码。他的眼眶周遭是粉红色的，如同一只癞皮狗螨虫过敏的嘴唇，一言不发地嗅着二奶奶的踪迹。

"不要吵闹……"他含糊地命令我说，他失焦的目光拴在某处，在清醒的间隙把那些东西一股脑儿塞进我的手心，"别让你二奶奶知……"棉线头缠绕着那些塑料珠子，蜘蛛丝在月光下连缀起露水那样。将这些臆想中的传家宝交给我后，他像是完成了一件了不得的大事，继而力气便瓦解了，又靠近了沙发深处。森林幽涩的光线徐徐回归，笼罩在我们头顶。我一言不发，阴凉的房间里便慢慢冷起来。有一会儿，他转头盯住我，用力地瞪大眼睛，想要认出我是谁，他乌拉乌拉唱起来，神色渐渐激动，似乎想叫我的名字，直到我同情地抚摸着他的脸，他那光滑的、粉红色的脸。警笛分贝降低了些，他停止了乌拉乌拉的歌唱，口水从松懈的嘴角滴落在蓝色条纹的宽松短裤上。一会儿，又像是从安抚中得到了满足的婴儿那样，惬意地吸溜一下嘴唇。

"他又在叫吗？"二奶奶走到门口，举着锅铲在门背后扯着嗓子问，"你二祖父怎么了？"

二祖父很好；二祖父什么也没干；二祖父一言不发；二祖父眼皮子也不眨一下；二祖父绝对静止了。

门关上了。锅铲侦探不见了。二祖父用力保持的僵直状态松了一口气，身体微微软了下去。所以我想这次他是故技重施：那根精瘦、皮肤褶皱的小拇指如同一支标杆立在他的掌心。父亲试图与他交谈，他安静地听着，但我知道，他什么也没听进去。父亲喋喋他的动物研究；那只是微不足道的小事。二祖父静默着，不一会儿，那颗生有雪白绒毛的脑袋动起来，他翘着僵硬拇指的手从侧旁橱柜上取来了一副老花眼镜，旁若无人地兀自拆起了一包鸡仔饼。父亲有些沮丧，刹不住车地又蹦出几个关于动物研究的单词，而后闭了嘴。"鸡仔饼是好的。"父亲说，"据说每块鸡仔饼里都有一块猪油。"

"猪油是好的。据说可以补肾、通便、保护视力。"父亲侧着身子，手伸进袋中也拿了一块。一说到补肾，他就来劲了（你不可以污蔑你的父亲，长幼无序，别人也会看低你的！我想象父亲气恼极了，把鸡仔饼又扔进袋子里的模样）（二祖父只是顾着自己吃饼干。这种饼干的横截面，是一圈土黄色的圆环裹挟着白褐相间的圆形夹心，就像是土星和它浩渺的行星环。行星环是由小行星和太空尘组成的。现在二祖父的嘴里嚼得脆响，他一口闷掉一颗土星———一个吞噬宇宙的怪物）。

"你二祖父怎么啦？"门又开了一道缝，锅铲侦探倚着门问。"他又在叫吗？"

"他只是在吃鸡仔饼。"鸡仔饼很脆，他油光光的嘴咬碎了那些石块，将它们切得十分细腻，咬掉钢铁和钻石。他可怜地想要找一个姘头，在她宽容的怀里温暖地睡上一觉；兴许只要一个劲地吃鸡仔饼；它不是补肾吗？谁知道呢，只不过是我父亲的一家之言。我们吃东西，再喝水。二祖父没有睡着，却把呼噜打得震天响，微睁着眼睛，双手置于两侧，一副将军做派；他曾当过地方上的军代表；再过不多时就可以吃饭了。

锅铲侦探用勺子敲两下碗沿，表示她把汤羹调得很好。二祖父的手僵直地在裤兜里摸索着什么，肘部弯曲不过来，他便微微向左侧身，只有那一个东西呀你在摸索什么？他不看我，嘴唇微开，目光落在地板的某处，也不回话，只有喉头滚动着呜呜呜的声响。裤兜里只有那一个东西呀，那个东西圆圆的，像是有生命的活物，灵活地躲避着二祖父枯瘦手指的捕捉。见一时捉它不上来，他喉头滚动的呜呜声变得短促而略微急躁，像是一个孩子受到了欺侮。我聚精会神地看着这一场口袋里的战争，它们现在终于接近尾声了：二祖父学习闸蟹，用拇指和四指钳住了圆圆的猎物。呜咽声渐息，他铆足了手劲；这时锅铲侦探走了过来。

"你二祖父怎么了？"

她问我，我不知道。二奶奶把耳朵贴在他嘴角蓄着白唾沫的嘴唇边，好一会儿，才疑惑地问我：

"检查信箱？疗养发票？"

我不知道。她就出门查看。门"咣当"响了一下。那棵好树趁看管人不在，忽地将袋中的猎物交给我，我想起他曾经给我的那些丝线和塑料珠子，也许他现在要给我一件真正的礼物：是一块大头银元，表面已经氧化，一个黄褐色的、戴大高帽的袁世凯。现在，他终于真正完成了那件大事，开始乌拉乌拉地唱起来。语言自由而且轻曼。青春有鸟飞来飞去，叽喳可闻，黄鹂就常住在"春"字的那一捺上。我吹银元，银元很响。

"信箱是空的，什么疗养发票？"锅铲侦探回来后，对着那棵寂静的树发问。二祖父绷直身子，一动不动，甚至连眼睛也不眨一下。看来是一场误会。二奶奶瞥了他一眼，也就不再追问了。那么我们坐下开始吃饭。这一道菜是失传的青菜炒芋艿，青菜很脆，芋艿很软。据说这道失传的菜只有我二祖父会做，现在把秘诀传给了我的二奶奶，再由二奶奶手挡住嘴，神秘兮兮地传授给我，听好了，秘诀就是：芋艿先下锅焖五分钟。

好极了，原来是这样，我又学了一招。

二奶奶饶有兴致地讲述做菜心得，一边举着汤勺，为那棵树灌溉养料。二祖父顺从地微微扬起粉红色的脖子，嘴唇将铁勺一整个吞没进去，先前漠不关心的眼神变得有些水润，目光又远远地透过感激的神情；他对于进食这件事有着浓厚的兴致。二祖父贪婪地吸吮着；那根僵硬的小手指一同快活地弹动起来，也许是孩子取悦家长的把戏：假装敲打福尔摩斯电码。软质食物浸润了他厚厚的嘴唇，让嘴唇缓慢地蠕动，偶尔也会从嘴角滴落，好在——我们准备了专为小孩使用的围兜。围兜是天蓝色的，很小，像个伊丽莎白圈。二祖父戴上围兜，显得头更大了。这个肥胖的英国男爵。

有时候，衰老的妻子也会对着那棵树倾诉心事，紧紧贴着光滑冰凉的身体，进行一种类似于告解性质的倾诉；二祖父神色默然地听着：当初她是怎样把他捡来的呀，现在我们都老了，年轻的事还历历在目。让他们去说吧，让他们两个人重复地说说不完的话，时间不早了，我们可以先回去了。铁门"咣当"一声响，父亲与我返回，慢慢走在武康路上。

武康路上到处是牵着小型犬的外国女人。我的脑袋木木的，仍旧想象得出那间寂静房屋里的场景：我们走后，房间冷了下来，二奶奶手臂环抱着，对着一棵树窃窃私语，咬他的耳朵，用力地咬他的肩膀："家珍，不痛，我再也不晓得什么是痛了。""不，你不要瞎讲，我会让你痛的。""这是我们祖传的毛病，没有什个办法了。""祖传？侬当格个是宝贝啦？"
二奶奶不断地搓着这棵树僵硬的枝丫，试着让其软化。而树精
灵对此不置一言，只是任她操作，洒下令人无力的晦暗的光。
武康路的梧桐叶子掉了许多，今年政府规定，梧桐叶清洁工可
以不再清扫了，那些褐黄干枯的叶子便堆得很厚实，我忽然想
起袁世凯褐黄的脸，就拿出银元吹一下，我吹银元，银元很响。
街上的外国人都扭头寻找异响的来源，后来发现是我手里的这
一枚袁大头，这是中国国宝吗？外国人纷纷对我竖起大拇指。
这都是我瞎想的。银铃声很响，引来了一群鸽子在天空上不成
队伍地飞舞，海洋馆的海豚成双成对地跳得更高了，因为它们
听到了我二祖父送我的这一块银铃。大家都一起来跳舞吧，你
也来。

　　"可惜了。"父亲说，"你祖父刚才应该听一听我的研究。
我是土拨鼠研究所的科级干部，对土拨鼠的研究已经很有进展
了。真的，小把戏，现在你必须听我的研究。你准备听歌吗？"

　　我说我不准备听歌。他就把随身携带的硬皮本子推给我，
里面记录了西伯利亚旱獭的生活习性。

　　旱獭，西伯利亚旱獭憨态可掬。近来研究发现，旱獭
有严密的组织地位和群体分工。它们觅食、打仗、交配。
不同族裔之间的战斗是它们的日常工作，目的是侵占更多
肥美的草地和洞穴。旱獭的社会地位按照战斗能力加以划

分。它短暂的一生就在觅食、战斗、交配中匆匆流过，直到它们老去。老年旱獭会从首领那里领到足够的干草和一个洞穴，然后衔草入洞，从洞里往外以泥土和粪便堵塞住洞口，头尾相接，环卧巢中，预备进入一次很久的睡眠。

他暗示得很明显了，祖父应该对我们祖传的命运更坦然一些，谁不是坦然接受像西伯利亚旱獭、类似鼹鼠那样的活法呢？这难道就是这篇小说的主题吗？

当然不是，我把手机相册里的宇宙奥秘放大给父亲看。当我把黑洞的相片放大以后，我注意到，父亲像鼹鼠那样，像他的研究对象那样受到了惊吓，双手放在胸前走起了小跳步。他会说——看这些东西干什么——有什么意思呢——他草率地否定，不屑一顾地说……是啊，这太复杂了；我们怎么也不会想明白的；也许研究鼹鼠是对的。

戈壁滩路过二十岁

路过一片足球场

戈壁滩上有飞艇建造基地。飞艇建造基地被墙围起来，周围的野草正在疯狂生长。

我们的车在一条笔直的公路上飞驰。我们听见解说：这是阿拉善的飞艇制造基地。人人伸长了脖子往窗外望。可是这片基地神秘得很，用水泥打出一片围墙，围墙里面什么也看不见。人人不由得感觉失望，脖子慢慢松弛下来，又寻找着其他什么有趣的事看了。

飞艇基地周围的野草正在疯狂生长。那个时候，我正眼巴巴地扒拉着窗户，向这片戈壁滩上的草场凝视着。它们瘦弱，绿中带黄。可是却群居在这里，延绵到远方。在远方，野草与蓝天粘连在一起。草好像长到了天上去。

我开始想象这是一片足球场。我带着一只真正的足球，和长我三岁的堂哥，在这片足球场上奔跑。我与他把足球踢到天上，之后追逐着，再补一脚。我们在这片草场上开始狩猎。

会不会有狼呢？如果有狼，堂哥一定大惊失色，撒腿就跑。我则站定，与狼讲道理，把狼训得服服帖帖的，它朝我哈气、吐舌头，祈祷我赏它一块骨头吃吃。我们能够做的事，是带上我那头刚刚驯服的野狼，在这片真正干涸的土地上，大笑着飞跑。

如果正月十五那天，这片戈壁滩上开出了月亮，天上没有乌云遮蔽，月光就是澄澈的河水。它会把我的那头野狼，照耀成一个狼人。

恐怕大概可能也许会这样的吧。

可怜制造基地。它被人圈起来，里面的草已经被野火烧尽了。在我的这片戈壁滩上，我损失了一个望不到边的足球场，戈壁滩上，多出了一个与我无关的飞艇制造基地。

可是，在我的戈壁滩上，要完成那些梦想之前，我需要一个真正的足球，需要带着我瘦弱的堂哥坐飞机来到这里，还需要驯服一只龇牙低吼、目露凶光的野狼。

汽车已经飞驰过了那片土地，我转身向后追望，足球场离我越来越远，它变成了两个黑色的小点，像粘在玻璃窗上的一粒灰尘。全车人都在欢唱，只有我知道，那两个黑点，曾是我在戈壁滩上的专属足球场。

戈壁滩上的人无忧无虑的，爱多想。所以牧民有时候从不感到孤独，又常常孤独得要命。

一对高傲的牧民情侣

他们两个的脸上挂着两朵高原红。

男的没有太阳镜遮光，只好眯着眼睛，噘着嘴。牧羊的女人戴着一块青蓝色碎花布料的头巾，下巴那儿系着个活结，遮阳。

男人无所事事地站在路边，低头剥手指甲，也许是剥到手指上的倒刺了，一疼，浑身颤抖。老远听见"突突突"的声响，看见我们的大巴临近了，便不剥指甲了，抬头往车窗里望。他的眉头皱起来，因为阳光正烈，看不真切。于是，又用手在眼前搭了一个凉棚，像孙悟空经常做的那样。

他的家就在戈壁滩的公路边。我看见宽阔的公路上堆着一块块厚重的石料，大概是家要翻修。他大概不是牧民，而是工人，或者是一个刚辍学，不上学的学生。他大概没有羊可以牧。站在屋子边上的一位胖老汉大概是他的父亲，另一个方脸女人大概是他的母亲。他穿着一件蒙上灰尘的夹克衫，目送着我们的车。他左大脑目送，右大脑大概在想：

"好瞎！我没有羊可以牧呀！小娟有羊可以牧！好瞎！这么多的草，她那几只羊怎么吃的完！好瞎！浪费了这么多的干草呀。好瞎！羊交配，羊生羊！以后我也要买一辆这么大的车。这么大的车，能当房子住哈！"想着，踢了一脚路边白花花的石料，叫他的胖父亲看见了，咚咚走上来就啐了他一口。

小娟大概是那个系着青蓝色碎花布头巾女人的名字。

她在戈壁滩稍里的位置，手上拿着一根红绳鞭。羊都很乖巧，低头吃草，像地上的一朵朵白云。间或黑羊，像是乌云。黑羊撒尿，是乌云落雨了。她是威严的造物者，手上抱着一只初生的羊羔。可是……四周一望无垠，实在没有什么事情可做，抱了一会儿，又放下任它嗫奶去了。她没有事情可做，只好出神，脸上唏唏地笑起来。

男人假装剥指甲，眼睛偷瞄着她，脸上也憨笑起来。这些事，在老远牧羊的小娟都知道。

小娟长大了，胸前两座贺兰山。小伙子的嘴唇边上也钻出了稀疏的胡楂子。他们互相不说话，远远地，暗自红了脸。这一对高傲的情侣无所事事地站在戈壁滩上，偷笑，各有各的心思。

雄鹰、老鹰

天上飞着的为什么不是雌鹰？

为什么刚出生的小鹰却叫老鹰？

如果我是一个牧民

我有属于我的一片白云，白云们一定很黏我，它们会咩咩地叫着，围成一个圈，把我困在中间撒娇。

如果我是一个牧民，我要找到哪一只是最肥的白云，然后把它牵到我的身边，提升它做羊群的司令官，陪着我一起放牧。作为羊群的司令官，我应当教他说一点人话。这样，它每天早晨都会跑到我的床前，说：

"Good morning, sir！早上好，首领！我已经把小羊们都赶去吃草了，您接着睡。"

我被它吵醒，不耐烦地挥挥手，继续大睡。

我会从白云群里找出最瘦弱的十只羊，然后把我的戈壁滩上较好的草地划分给它们。我就是如此，一向同情弱者。我还要从羊群里找出最强壮的一只羊，任命它做我的坐骑。我要把它取名为雅布。"雅布"是蒙古语里"快跑"的音译。当雅布载着我狂奔的时候，我说，快一点，在太阳下山之前，我要巡视完这片只属于我一个人的戈壁滩。眼前到处是金黄荒漠和暗红色的余晖。

我在那片草场上画了一个大圈。这是我的个人牧场，只放养我自己。这个大圈，圈下了戈壁滩上最丰茂的一块草地，可是我从不吃草。白云们干瞪眼，不敢说话。我躺在发黄的草地上，望着湛蓝的天空，一会儿迷迷糊糊地睡着了。过了好久，我醒来，迷糊后又入睡了。反反复复的，以为自己身陷于棉花丛之中。

对此，我当然会感到厌倦，当我感到厌倦的时候，我就捧一本书出来读。我的领头羊为我端茶送水。它当然不敢走进那个只属于我的牧场，而是在圈外安安静静地肃立等待着我的吩咐。

周围一望无垠。我开始期望，有一匹马闯入了我的国家。或者说，有一个马国的国王，为了这片土地上的干草，带着他的马儿来侵犯我的羊国。我会毫不犹豫地骑上雅布，然后……逃走！

我已经厌倦了这片草场，我要转移阵地。我大声宣布：我们可以找到另一个更好的草场！那里的草是鲜美多汁的，那里的河是天上的圣水。在那里，你们都可以自由地饮食。

身后跟着我的白云们一听，流下了口水，有了继续前进的力气。

我一定可以再找到一片草场的。可是，许多年以后，我开始想念那里浑浊的水，追忆那片干草地。是我摧毁了那片原本属于我的王国，所以我现在的身份不是一个牧民了，这是上帝对我的惩戒。

蒙古人

蒙古人不说话，与我们一桌吃饭，眼睛怯怯的，不知道往哪里看。有人问他："阿拉善还有多远？"他笑笑，讲：

"哈哈，这里就是阿拉善么。左旗就是阿拉善。"

"那巴彦浩特在哪里？"

"咦？这里就是巴彦浩特！左旗就是阿拉善，就是巴彦浩特呀！"

他说"咦"的时候，嘴唇微张，眉头微皱，一副标准的疑惑不解的样子。

我们笑笑，各自吃饭。桌上有羊肉火锅，烩菜，牛肉炒青椒之类。菜品很多，大家都拘束。他不懂拘束。吃了几口，把烩菜转到面前，一勺接着一勺挖了一大碗，呼噜呼噜地吃起来。江南人看见了，心有所动，都学着他的样子，把烩菜盛到自己碗里，再不是一筷子一筷子吃了。

我和蒙古人挨着坐，我想：他的生活是怎么样的呢？他住在哪里？他和妻子是怎么认识的呢？他到这里来做什么？

他吃完烩菜，要了一点臊子面。之后把碗喝了个底儿朝天。放下了碗，朝我们笑笑，和我说了句什么。

"什么？"我没有听清，问他。

"美，味！"他一字一顿又说了一遍。

这个蒙古人，给我留下的印象就剩下这些了。而后我们一行人吃完，从餐馆出去坐上大巴的时候，他又从后面追赶过来，追停我们的大巴。他小声和司机说了一句什么，就坐在了车厢的最后面，搭顺风车去市区。

我一眼就看出他是一个蒙古族人，眼睛小，单眼皮。脸庞高高的，很立体。我们开始讲起了方言。他听不懂，好奇地打量了我们一眼，又低下头自顾地坐车了。我们问他：

"你去左旗还是巴彦浩特？"

"阿拉善就是左旗就是巴彦浩特么。"他又耐心地解释了一遍。

车子到了市区，他就迫不及待地下车了。这个蒙古人给我留下的印象就剩这些了。

阿拉善的云

阿拉善的云有两种，一种是水蒸气，一种是咩咩叫的羊。天上的云靠风才走，地上的云要人去赶，人就是地上的风。

我要说的，是天上的云。阿拉善的天空像油墨画，蓝得像一块绸缎。白云被风刮成一抹一抹的，有时候可以比喻成哈达，美得不像话。车在路上狂奔，人人掏出手机，隔着车窗玻璃，咔嚓咔嚓地拍阿拉善的云。一边拍，一边说：

"回去打成照片裱起来，漂亮得很。"

等下了车，拍美景，也拍天空。取景的时候都要把蓝蓝的天空给带上了。

小时候看云，喜欢幻想。想着天兵天将躲在云上，要去捉拿另一朵云上的妖怪。那时在外婆家，我与表哥一人一把竹背靠椅，我的母亲站着训练我们的思维能力，问我们云像什么。我说："上头有天兵天将呀！"我的母亲听了，觉得我想象力丰富，直夸我。比我大一岁的哥哥说："哎呀，云是水蒸气变的，上面什么也没有。"

我还看火烧云。南方的云烧将起来，像赤壁之战的影像，头顶上的穹庐是一片倒过来的红色的海。我想：天空上也有它的战争。

还看地震云。地震云一条一条的，像瘦子凸出的肋骨。小学时，课本上说过关于地震云的知识，那天正巧在操场上看见了地震云，想着要不要报告老师，犹像半天，鼓起勇气去找体育老师了，老师也很严肃，打电话给她的上级，说某某某办事处，我们这里有个小学生发现了地震云。但上面不领情，这个事情就作罢了，我的家乡后来也没有发生地震灾害。

而阿拉善的云不同于南方的云。这里的云没有多余色彩，纯粹而干净。拍客们因为云而拍云，有时候拍完了，才察觉出这朵云像个什么东西。来到阿拉善的游客说：

"看，天上的云！"

阿拉善的云，也许千百年来从没有变过。只是人再路过这里的时候，忘记了云是这副模样的。或者记得这云模样的人老了，枕在床头，对他的儿子说：

"在西边……是牛奶一样的云。东边，是薄薄的棉絮……"

同车的一位小伙子，神秘兮兮地与我说：我拍了一张绝顶的好照片，给你看看。手机拿来一看，是阿拉善的云。云占了相片的大半，阳光下静悄悄地飘着。

我们的时代
Our time